ふし文人
FUSHI Fumito

ぼくはニュータウンキッズ

文芸

もくじ

主な登場人物

桐谷春樹（ニーちゃん）　兄　中学二年生　一九六八年生まれ
桐谷夏海（ナッちゃん）　姉　小学六年生　一九七〇年生まれ
桐谷秋雄（アーちゃん）　ぼく　小学四年生　一九七二年生まれ
桐谷冬彦（フーちゃん）　弟　小学二年生　一九七四年生まれ

ザリガニ

　ぼくは四兄弟で、大阪のニュータウンに住んでる。四人も兄弟がいるのは近所でも結構めずらしかったりする。でもさー、うちの父さんとかは八人兄弟やったりするから、変な話（戦時中に生まれた母さんは、三人兄弟や）。

　父さんは戦争前の生まれで、いや、もちろん戦争ってワールドウォーツーのことなんやけど、ばあちゃんたちは「先の戦争」のことを大東亜戦争とか言ってるみたいやし、そのへんよくわからん。ぼくももう少しすれば六年生になって広島とかに行くから、そのときにまたいろいろ勉強するかもね。

　とりあえず、ぼくは小学四年生で、スイミングとピアノを習ってる郊外の子どもってわけ。

　いろいろ言いたいことはたんまりあるんやけど、まずはザリガニについて。ザリガニっていっても、いろんな種類がいるって知ってた？　いろんなって言ったけど、実は二つで、ニホンザリガニとアメリカザリガニ。ぼくらが欲しいのは、もちろんデカくて真っ赤で立派なアメリカザリガニのほう。だってニホンザリガニはジミで冴えなくて小さくて、うんこみたいなんやもん。

　このザリガニ捕りは立派なイベントで、ぼくや友達は連れ立って近くの池に行く。最初はニーちゃんが行ってて、それからぼくらに引き継がれた。ニーちゃんはもう中学生やから、ザリガニ釣りなんてしない。二コ下の弟は、ぼくについてくる。ま、ぼくだって最初は母さんに連れられたりしたんやけど。今は「エサちょうだい！」って元気よく言うと、母さんがエサのスルメと手作りの竿、あと青いバケツを用意してくれる。

「気ぃつけや」って言って、ぼくと弟を送り出す。

「一緒に行こうか？」とも母さんは言うけど、もう四年生のぼくは「いらん」って不機嫌に言い放つ。不機嫌に言うのは男の子の特権やからね。おりこうさんの弟とちがって、ぼくは情け容赦ない。だから弟のフーちゃんが「待って」って言っても、「うるさい」って言いながら走って逃げる。でも本気で走るとフーちゃんはついてこれなくなるから、ぼくは少し先で弟が来るのを待ってる。たまに弟がスネたり、怖がったりして帰ることもあって、いくら待っても来ないときは、「なんやねん」って独り言を言いながらぼくは歩いていく。戻ったりとか優しいことはしない。ぼくだってニーちゃんにそうやって鍛えられてきたんやから。

そういえば昔、ニーちゃんに置いていかれて泣きまくった思い出もある（そのことを思い出すとまた泣きそうになるからやめとくわ）。

田んぼの中にある池に行くには、竹やぶを通っていく。ニュータウンは開かれてまだ十年くらいしかたっていない。つまりぼくが生まれた頃、このニュータウンも生まれてん。なんか万博っていうのがあって、それは姉のナッちゃんが生まれた年の一大イベントで、そのときに道路とか電車が整理されて、山とか切り開いて新たに造った新興住宅地がこのニュータウンやねん。別に偉そうに言うつもりはないでー。

ただぼくの父さんは倍率が高いクジに当たったらしい。

「母さんはクジ運わるいから、父さんが引いてん」

ってニーちゃんが偉そうに言っていた。なんやねん、ニーちゃんだって生まれたところやからそのときのことなんか知らんはずやろ、って思うけどぼくはニーちゃんにはなにも言えない。だってニーちゃんは中学生なんやから。

とにかく竹やぶを抜けて、ぼくはドンドン歩いていく。もう弟のことなんか知らん。しばらく行くと、友達の前川くんがいる。

「よー、前川」ってぼくが言うと、彼はこっちを向いてピースする。「いぇい」とかなんとか言って。

二人で池に着くと、すでにそこには何人かの子どもが陣取ってる。

「わー、あのポジションとられてるやん」って前川くんが言う。

「あーほんとや」

一番ザリガニが捕れる用水路との間のところを、ぼくは見つめる。その子たちのバケツを見たら二匹ザリガニが入っていた。

「でもニホンザリガニやったな」

「ほんまや、向こうにアメザリいるんちゃう？」

そう言って前川くんは奥のほうに行く。奥に行くには、金網を乗り越えていかなあかんから、低学年のコとかは来れへんねん。ぼくらはそこをよじ登って、草をかきわけて奥に行く。さすがにそこまで来てるコは今日はおらんみたいや。

「よし、エサつけよ」ってぼくが言うと、前川くんが「しまった」って言った。

「どうしたん？」

「エサを忘れてもーた」

「いーよ、オレのあげるよ」

ぼくは前川くんのハリにもスルメをつけてあげた。何回かハリにエサをつけて投げたけど、すぐ取られる。

とか言ってるうちに、日が暮れてくる。ふと向こうを見ると、弟が母さんと一緒にいてる。

「わー、ヤバイ。弟が来てる」ってぼくが言うと、前川くんは「えーやん、べつに」

やって。ええことあらへん、母さんに怒られるんちゃう。ぼくはしぶしぶ戻る。すると母さんは別に怒ってなかった。よかったわ。

母さんは「とれたん?」って聞いてきた。「あかんかった。でかいアメザリがおると思うんやけど」って喋ってると、前川くんが「引いてるで!」って叫んだから、周りにいた子たちも一斉に注目した。弟の吊るしてた糸が引いてた。弟は慌てふためいて「あー、あー」とか言ってる。池の汚い水の中には、でっかいアメザリがニョキって顔を出した。

「で、でかい!」

みんなが大騒ぎ。ぼくは弟の竿を取って、慎重にゆっくり引いたり押したりしながら持ち上げた。

「アミ、アミない?」

　ぼくは目線をアメザリに釘付けにしながら言う。すると誰かが「あるで」って言ってくれて、前川くんが「よっしゃ！」って声を出す。それでぼくの横からアメザリをすくいあげる。

「わーこいつはデカいわ」

　ぼくがアメザリの背中を持ち上げて言うと、「ほんまや、すげー」とか周りの子たちも言うてる。

「いやー、これすごいやん」

　って前川くんも言ってくれた。

「ちょっとアーちゃん、フーちゃんにも見せてあげ」

　母さんの声で弟を見ると、ほとんど泣きそうになってて「自分が取ったのに」ってなことをぶつぶつ言い、母さんの足にへばりついてる。なにが「自分が」やねん、オレがいなかったら取れへんかったくせに……ってぼくは思うけど、まー実際弟の竿やったし、母さんもいることやし、弟にアメザリを渡した。

　すると弟は「わ、わ、わわっ」とか言って、なかなかうまいことアメザリの背中を持てへん。アホちゃう。

「はやくしろや」ってぼくは言うけど、アメザリはぶっといハサミを元気よく振り回してるから、弟はオドオドしてる。

「わー、これに挟まれたら、痛いで」とか前川くんは冷静に言ってるし、弟は余計怖がって触ることできへん。それやったら最初から……ってぼくは心で思った。

「じゃあバケツに入れて持って帰ろう」

バケツに水を入れてそのアメザリを入れようと思ったら、ツルって滑って、アメザリは池の中に落ちてしまった。「しまった」って言っても遅かった。アメザリはぶくぶくとその赤い姿を水の中に隠れていく。

「あーもったいない」

「ちょっとアーちゃん!」

弟はぼくにつかみかかってくるし、母さんは「しゃあない、また取ったらええやん」とか悠長なこと言うてるし。いっそのこと池の中入ったろか、と思ったけど、さすがにそこまでできへんかった。

帰り道、寂しく空のバケツを振り回しながら帰った。前川くんに「サイナラ」って言うと、前川くんは竹やぶのそばの小さな団地に帰っていく。

ぼくは母さんと弟の三人で家に帰る。

「暗くなったから竹やぶを通るのはやめ」って母さんが言って、「代わりにスーパーでお買い物していくから」って言った。

「ねー、今日はなに？」

ぼくが聞くと、母さんは「なにが食べたいん？」って聞いてくれる。

スーパーに並ぶ野菜やお肉を見ながら「ハンバーグ！」って弟が言う。「アーちゃんは？」と母さん。「ぼくはべつにハンバーグでええで」ってぼくも言う。だって母さんのハンバーグは最高においしいから。で、家に帰って、ご飯食べながらニーちゃんにそのアメザリのことを報告する。

「すげーデカかってん」

「そっか、キングかもな」ってニーちゃん。キング、そっかあれはキングやったんや。

するとと弟が「フーちゃんのやで」って言う。

「なんでやねん、ぼくがつったんや」と言っても、聞こうとしない。

「別にどっちでもえーやん」って姉のナッちゃんが興味なさげに言う。姉は六年生で、ちょっと大人ぶってる。そんなこと言われたらこっちはテンション下がるわ。ナッちゃんは女やから分からんねん。なんかぼくは不機嫌になる。ま、しゃあない、不機嫌なのは男の子の証拠やから。次こそはキングをしっかり捕ろうと、ぼくはその夜、歯を磨きながら決めた。あとで父さんが帰ってきたら、またあのアメザリのこと教えてあげよう。ほんまは見せれたらええんやけど、今日のとこはしゃあない。

ぼくはその夜、あのキングアメザリの夢を見た。そこではしっかりフーちゃんとニーちゃんがいて、ぼくを支えてくれてる。母さんと一応ナッちゃんも応援してくれてる。でっかいアメザリをつり上げて、みんなが拍手してくれる。それを父さんに見せようとぼくは決めている。

バースデー

クリスマスが十二月っていうのは当たり前やけど、ぼくの誕生日も十二月やから困ってしまう。っつーか秋雄って名前やのに、なんでやねん。これは父さんが春昭って名前で、ニーちゃんが冬生まれで春樹って名前になってん。それでナッちゃんは八月生まれやから夏海。ボクはもう秋の終わり（っていうか冬）で、秋雄にしたみたい。春夏秋冬の流れでいこかーってことになって、弟も三月生まれやのに冬彦。なんつー親や。

これはもう生まれたときから変えられないことの一つ。誕生日がクリスマスと同じ月だったらプレゼントはどうなる？　しかもニーちゃんの誕生日まで同じ十二月やから、さぁ大変。

「ねぇ、今年はプレゼントなに買ってくれるん？」

するると、母さんは笑いながらぼくをじっと見る。

「サンタさんにお願いしとき」

「ちゃうちゃん。誕生日のこと」

まさかぼくの誕生日を忘れたわけちゃうやんね。

「ねぇアーちゃん」

ふと横を見ると、弟のフーちゃんが立っている。

「なに？」

フーちゃんはコブシを握りしめて目の前に差し出す。ぼくはその手と、フーちゃんの顔を見比べる。純粋って言葉はこの弟のためにあるんやろうか。

「はい」と弟が言って手を開けると、そこには小さな粒があった。

「なにこれ？」

ぼくが聞くと、フーちゃんは笑いながら、「花の種」。

ぼくは一瞬止まってしまう。花の種、はわかるけどそれがどうしたっていうん。正直言ってぼくは花にも種にも興味ない。

「プレゼント」

（え？）

ぼくが驚いていると、フーちゃんは後ろから小さな牛乳瓶を取り出した。学校の給食に出てくるやつ。そのビンには花の種がいっぱい詰まってる。

「あげる」とフーちゃんは言う。ぼくは静かにそれを受け取る。さすがにこれを拒むことはできない。

「ありがとう」

でもさ、フーちゃん。誕生日は来週やけど。わかってる？

「よかったね。お庭に植えたら？」と母さんは台所で笑ってる。

「植える？」

ぼくはフーちゃんに聞いてみる。フーちゃんはうなずく。よし庭に植えよう。ぼくとフーちゃんは母さんに言って、スコップを出してもらう。「あのへんならいいよ」と母さんに言われたあたりの土を掘り返す。

「ねぇ、フーちゃん。これ、なんの花？」ぼくは土の中に種を入れながら尋ねる。

「知らん」というあっけないフーちゃんの答え。

なんや、知らんのにぼくにプレゼントするってどういうことなん。ぼくは首をかしげながら、土を元に戻す。そしてフーちゃんがその上からジョウロで水をかける。

「咲くといーなぁ」「楽しみや」とか言ってるうちに、ニーちゃんが中学から帰ってきた。

「なにしてるん？」

「誕生日プレゼントにフーちゃんが種くれてん。それを植えてた」

それにしても、ニーちゃんの誕生日は今日なのだ。あ、ニーちゃんへのプレゼントなにも用意してへん。ぼくは焦ってしまう。フーちゃんはそのことに気がついてないみたいで、ノンビリとしとる。

「そっか」

ニーちゃんはとってもクールな中学生で、不良ってわけじゃないけど少し怖かった。

「アーちゃん」

「え、なに？」ニーちゃんに呼ばれて、ぼくはドギマギしながら答える。

「誕生日プレゼント買いに、千中行こか」

千中とは千里中央のことだ。ショッピングモールとかがあり、うちの近くの駅から一駅の場所。

「ええよ」とぼくは答えると、ニーちゃんが母さんにそのことを伝えに行く。そしていくらかプレゼントのお金をもらって、ぼくと自転車をこいで駅まで行った。

「気ぃつけて」と母さんとフーちゃんが見送ってくれる。

ぼくとニーちゃんは少し年齢が離れているから、普段そんなに一緒に遊んだりしない。ぼくの遊び相手はだいたい二コ下のフーちゃんか、たまに姉のナッちゃんだ。けどナッちゃんは女やから、そんなに一緒に遊んでくれない。

「ねー、なに買うん？」

ぼくはニーちゃんの背中を見ながら話しかける。

「なんでもええよ。二千円までやったら」

あー、でもぼくが買いたいおもちゃは一万円くらいするゲーム機なんやけど。ぼくはそれをニーちゃんに言えなかった。

「ニーちゃんはなに買うん？」

ぼくは自転車を駅に止めながら聞く。桃山台って駅で、近くには桃の木がいっぱいある。丘やから坂道が多くって自転車をこぐのが結構大変。そう、ぼくの家は丘の上の町にあるのだ。

「そうやな、お城かな」

お城？　そう、ニーちゃんは最近お城のでっかいプラモデルを集めている。

「何城？　大阪城？」

「大阪城は持ってるから。姫路城かな」

子ども料金の二十円で切符を買って（この安さは日本一って聞いたことがある）、ぼくとニーちゃんは電車に乗る。電車からはおなじみの団地やマンションが見えて、線路と平行して車が走っていく。そしてすぐにトンネルに入る。あっという間に千里中央駅に着いた。ニーちゃんは今までも何回かぼくをあちこちに連れて行ってくれた。梅田もそうやし、近くのプールとかもそうやし。ニーちゃんはいつでもぼくより多くのことを知ってる。ぼくを知らない世界に案内してくれるのは、いつもニーちゃんや。ぼくがケンカしたり、近所で友達と仲が悪くなっても「ニーちゃんに言うぞ」とか言うとみんな黙ってしまう。それくらいニーちゃんはこのへんでも有名やねん。

ぼくはニーちゃんについていく。大丸のおもちゃ売り場。ニーちゃんはお城の前でいろいろ選んでいる。ぼくはゲームのカセットをいろいろ見るけど、どれも三千円くらいはする。

「アーちゃん」とニーちゃんが呼びかけてくる。

「うん？」ぼくが振り向くと、ニーちゃんはでっかいお城のプラモデルをさっそく買ってる。

「どれにするか決めた?」

ニーちゃんに言われて、ぼくはどうしたらいいのかわからん。自分が欲しいものは三千円するのだ。しかもゲーム機本体は持っていない。

「なに、カセット欲しいん?」

とニーちゃんがお城を抱えながらやってくる。

「うん」とぼくはうなずく。「でも値段……」ぼくがつぶやくと、ニーちゃんが「オレの分、千円あまってるから使い」と言ってくれた。

ぼくはうれしくてうれしくて、自分の欲しかったカセットをさっそく店員さんに言う。

ニーちゃんがお金を払ってくれて、ぼくはカセットを受け取る。そして二人して大丸をあとにし、千中の中を歩く。すると途中でぼくは迷子になった。

「ニーちゃん」

ぼくがいくら呼んでも、ニーちゃんは見当たらない。どうしよう。ぼくは泣きたくなった。仕方ないから、ぼくはさっきのおもちゃ屋さんに戻ってみる。でもそこにもニーちゃんはいない。えー、どうしよう、ぼくはお金持ってないし。

トボトボ歩いていると、近くにミスタードーナツが見えた。「お腹すいた……」とぼくは言う。もう少し行くと、いつも通ってるスイミングプールがある。中をのぞくけど、いつもと曜日が違うせいか知っている先生もいない。

ぼくはエスカレーターに乗って、下の広場に行く。階段に座っていると、周りを家族連れとかが歩いていく。目の前の本屋にニーちゃんがいる気がして、ぼくは走っていく。ほとんど泣きべそをかきながら。でもそこにもニーちゃんはいない。ぼくはどうしたらいいのかわからないまま、「コロコロコミック」の『ドラえもん』を読んだ。ぼくにもドラえもんがいたらなぁ、「どこでもドア」があったらすぐに帰れるのに。「タケコプター」でもいいんやけど。

ぼくはニーちゃんを見つけられないので、仕方なく地下に降りていく。そして駅員さんに事情を話して、二十円を借りた。

「ええよ、返さんで」と駅員さんは言ってくれた（それでもぼくはあとで二十円を返しに行った）。

桃山台に着くと、もうすっかりあたりは暗くなってる。自転車のところに行くと、ニーちゃんの自転車はなかった。じゃあ先に帰ったんや、とぼくは思う。とにかく一人で坂道を下りて家まで帰った。

「ただいま」

ぼくがしっかり涙をふいてから言うと、母さんが駆けてくる。

「あんた、大丈夫なん？」

すぐにフーちゃんとナッちゃんもやってきた。

「ニーちゃんは？」とぼくがクツを脱ぎながら言うと、ゆっくりニーちゃんが現れた。

「どこ行ってたん、アーちゃん」

「わからん。歩いてたらニーちゃんおらんくなった」

「トイレ行くって言うたんやけど……」とニーちゃんは頭をかく。

「えーから、とにかく中に入り」と母さんが言う。

「ねーなに買ったん？」とフーちゃんが聞いてくる。「ないしょ」とぼくはなぜか意地悪をしたくなる。そして手に握りしめてぐちゃぐちゃになった誕生日プレゼントをひらく。

「えー、これって？」

ナッちゃんがキラキラした目をして言う。

「ゲームのカセット」

とぼくが答えると、フーちゃんが「ゲーム機ないやん」と言った。

「わかってるよ」

じゃあなんで買ったん、とフーちゃんがしつこく聞く。

「クリスマスにゲーム機買ってもらうんやって」

とニーちゃんが言ってくれる。ニーちゃんは母さんにかなり怒られたらしくて、いつもよりションボリしていた。今日はニーちゃんの誕生日やというのに。でもすぐに母さんがケーキを持ってくる。

「これ、フーちゃんが作ってん！」と弟が自分ですかさず言う。

「フーちゃんとあたしと母さん、でしょ」とナッちゃんが説明する。

「うん、生クリームめっちゃおいしいで」と純粋なフーちゃんが答える。

「ハッピバースデー、トゥーユー、ハッピバースデー、トゥーユー、ハッピバースデー、でぃあニーちゃん、はっぴばーすでーとぅゆー」とみんなで歌って、ニーちゃんがろうそくをフーッと消す。

「さー食べよう」ニーちゃんが言うと、母さんは「ご飯食べてからね」とか言う。

「それやったら最初から言ってよ」とニーちゃんが文句を言うと、「お父さんも帰ってくるから、それからみんなで食べよ」と、母さんはもう一度念を押した。

それでまたニーちゃんは怒ってたけど、ぼくはどっちでもよかった。ご飯を食べられるのも、ケーキを食べられるのもうれしかった。

なによりゲームのカセットをニーちゃんに買ってもらったのがうれしかった。それにフーちゃんの花の種だって、あとはナッちゃんにもらった折り紙セットだってうれしかった。この家に帰ってこられて、とてもホッとした。

早く父さん帰ってこないかな、お風呂に入ったあとでみんなでケーキを食べるのが楽しみだった。そして来週にはぼくの誕生日。いつもは一度に全部済ませてしまうプレゼントやケーキも、今年はニーちゃんのとクリスマスの分とぼくのを、すべて分けてやってくれるみたい。とってもとっても楽しみな十二月になった。

散歩道

ぼくの住むニュータウンは山を切り開いて造ったところで、近くに田んぼや池や竹やぶがいっぱいある。特に竹やぶはいっぱいあって、ぼくらはそこでよく遊んだりした。家の近くには「散歩道」って呼ばれる道があって、住宅地に沿って下から上まで竹やぶの坂道が続いている。散歩道を夜通るのは怖かったけど、昼間はかっこうの遊び場所。そこでつくしを取ったり、バッタやとんぼを捕まえたり。そして時々は竹の子を必死に取ろうとして、でもなかなか取れへんかったり。ぼくはトシくんやコッちゃんといった近所の友達と一緒に、竹やぶによく遊びに行った。

「ぼくも行く」とフーちゃんは言ったけど、ぼくは連れて行かない。だってフーちゃんがいると面倒くさいんやもん。すぐ「トイレ」とか言ったりさ。そこらで立ちションすればいいことやのに。で、ぼくはトシくんたちと散歩道に入っていく。コッちゃんは網を持って、トシくんは虫かごを持って、ぼくはといえばなぜかボールを持ってる。竹やぶの中でキャッチボールなんてできるの？　って思うかもしれんけど、目的地まで行くのにボールを投げたり、キャッチしたり、転ばしたり、蹴飛ばしたり、虫かごの中に入れたり、網の中に入れたりといろいろと使い道があるねん。っていっても、この青色の柔らかいボールはフーちゃんのやねんけど。

「どっちやっけ？」トシくんが聞く。

「あっちちゃう？」

とぼくは言いながら、コッちゃんのほうを見る。コッちゃんはぼくらの中でも一番しっかりしてて、こういう場所とかいろいろとよく覚えてる。

「うん、あっちや」

コッちゃんは網を振りながらぼくらを先導する。散歩道は木々が茶色になってて、落ち葉とかも落ちている。夏に来たときはジャングルみたいやったのに、さすがに秋を越えて冬になると枯れ葉ばっかり。なんかスースーと風も吹いて、向こうの景色まで透けて見える。

「わー、なんか、どこかわからへんな」

とぼけた感じでトシくんは言う。

「ほんまや。草がないし、葉っぱも落ちてるから同じに見えへん」とぼくがボールを空中に飛ばしながら言った。坂道を下りているので、ボールを落としたらコロコロと転がっていってしまいそう。

「ほら、すぐそこやん」コッちゃんが網でボールを捕まえて言う。ぼくら三人は散歩道から竹やぶに入るところで立ち止まった。

「なんか感じちゃうな」とトシくん。

「寒々しい」とぼくも相槌をうつ。

「とにかく入ってみよ」コッちゃんが先頭を切る。よし、とばかりにぼくらも後ろをついていく。枯れ草や落ち葉が足にからまる。

「ここちゃう?」そうトシくんが言った場所には、たしかに夏に来たときもあった大きな木が倒れている。

「ここやな」とぼくは言ってその木に座る。でも、あのとき作った木の囲いとか、ペットボトルの花瓶とか全部ない。

「ハンモック」とコッちゃんは言って、ツタで作ったハンモックを見つける。それもあのときに作ったやつだ。

「あ、ほんまや。あのときのハンモック。寝れる？」

ぼくが聞くと、コッちゃんはそれを手でバンバン叩く。

「ちょっと無理そう」

するとトシくんが地面になにかを見つけたみたい。

「どうしたん？」とぼくが聞くけど、トシくんは地面をじっと見てる。そしてシーッと手で黙るように合図する。それからトシくんは突然動いて、なにかを捕まえた。

「なに？　なにが取れたん？」

すると、トシくんは立ち上がって捕ったものをつまんで見せた。

「なに、それコオロギちゃう？」とコッちゃんが言う。トシくんは少し自慢げにコオロギをぼくたちに見せる。

「冬でもコオロギって生きてるんやな」

そうぼくが言うと、トシくんは物知り博士、昆虫博士としての知識を披露してくれた。

「コオロギは夏から秋に生きてるんやけど、あとの時間は春まで冬眠してんねん」

そうなんや、さすがトシくんやな。

「じゃあなんで今、生きてるん？」とコッちゃんがもっともな質問を投げかけると、トシくんは頭を傾けながらウーンと言った。そして「ええんちゃう？」とつぶやくと、虫かごの中に落ち葉と一緒にコオロギを入れた。コオロギの動きはすごくゆっくりでカサカサと落ち葉の中に入ってしまい、その黒い体を外の世界から遠ざけてしまった。

「他にも虫いるかな？」と地面を足でさぐったけど、なんの反応もなかった。アリ一匹いない。夏にはアリがいっぱいいたから「アリ地獄」って遊びを発見して、水攻めにしたりしていっぱい殺して遊んだもんやったのに。

「アリもおらんな」とコッちゃんも言う。

ほんまや、ちょっと残念。

「ヒミツキチもつぶれてるし」

ぼくが言うと、コッちゃんがピューっと口笛を吹いた。ぼくも真似をして口笛を吹こうとしたけど、音がまともに出ない。トシくんは虫かごのコオロギをジーッと見ている。すると、コッちゃんが言った。

「ヒミツの合図覚えてる？」

「合図、ってなんやっけ？」

　ぼくが聞くと、コッちゃんが舌を出したり白目をしたり変な顔をする。

「ははは、なにそれコッちゃん」とぼくはトシくんと笑う。

「ヒミツの合図やん」とコッちゃんが平然と言うので、えーって感じでぼくとトシくんも真似しようする。その顔がおもしろくて、みんなで笑う。

「なんか寒いし、焚き火でもしたいな」

　コッちゃんが言うと、トシくんがポケットの中からライターを取り出した。

「わー、さすがトシくん」

　ぼくが喜んでいると、コッちゃんが「燃えるもんさがそ」と言った。ぼくらはそれぞれ分かれて燃えそうな紙とか棒を探しにいった。ぼくは何本かの細い棒を見つけてきた。トシくんはさっきのツルを巻き取って、腕に絡ませて持ってきた。コッちゃんがなにも持ってないので「どうしたん？」と聞くと、コッちゃんはうれしそうに「これ」と言って、後ろからなにかを差し出した。古い雑誌やった。それはエロ本で、女の人が裸になってた。でも雨とかでボロボロになってて、ページめくるのも大変。それでもぼくらは注意深くそれを細い棒でめくった。それで「わー、すげー」とか騒ぎながら、それに火をつけようとした。トシくんが何度も火をつけようとするけど、その紙が湿ってるせいで、なかなか火がつかへん。

「ちょっと貸して」と、コッちゃんが火をつけると雑誌の紙がペラペラと燃え出した。

「おーっ」っとぼくらは歓声を上げる。

「やったやん」そうぼくは言って、そこに棒っきれや落ち葉をドカドカ入れる。

「あかんって」とトシくんがそれを止める。すると火はあっという間に消えてしまった。

「あんまりいっぺんにやったら消えるから」とコッちゃんにも言われて、ぼくはまた棒っきれを探しにいった。すると風が吹いて、なんだか天気も悪くなってきてちょっと寂しいような気がした。二人から離れて、姿が見えなくなると「あれ、ここどこやっけ」とキョロキョロしてしまう。自分がどこにいるのかわからへん。わー、どっちやっけ、たしか帰り道はあっちやんな。ぼくは一人で考えながら、ポケットから青いボールを取り出す。フーちゃんのボールがすごく懐かしいような気がした。「どうしよ……」とぼくは思うけど、風が吹いてすごく寒い。「帰ろうかな」と思うけど、二人を置いていくわけにはいかへんから、戻ることにした。たぶん、あっちのはず。と思って歩いていくと、さっき目印にしてた大木が見えた。それに煙も上がってて、少し焦げ臭い。

「燃えた？」ぼくは二人を見つけて声をかける。

「うん、燃えたでアーちゃん」とトシくん。

「燃えるもん見つかった？」とコッちゃんがさっきの雑誌を破りながら火にくべる。

「はいこれ」

　ぼくは棒っきれをドサッと地面に落として、火に手をやった。手袋からでも火の暖かさを感じられたし、真っ赤に燃える色が目に焼きつく。

「いい感じやん」とコッちゃんが言う。

「うん、冬は焚き火やんな」とトシくんも言う。

「でもさ、ちょっと火、大きすぎへん？」とぼくが言う頃には、火は横の枯れ木にも燃えうつっていた。

「やばいな」とトシくんが言う。コッちゃんは木を蹴り倒そうとする。でも大木はビクともしない。

「わー、この木に燃え移ったら、ヤバイやん」とコッちゃんが言うので、ぼくは「水、あっちにあるで」と言った。

「水なんてあったっけ?」とトシくんが言うけど、たしかさっきあそこに水溜りがあってん。

「ちょっと貸して」とぼくはトシくんの虫かごを奪って、走った。そして虫かごからコオロギや落ち葉も外に出して、水溜りの水をすくい取る。

「ほら」とぼくは全力で走って帰ってきて、多くもない水を火にかける。火は一瞬弱まったけど、まだ全然燃えている。

「たらへん」とトシくんが言うので、次はコッちゃんが走る。そしてまた水をかける。今度はさっきよりは火が弱まっている。落ち葉は燃えているけど、木に火が完全につくには時間かかりそう。なにより今まで最初に燃えていたのはあのエロ本やった。でもそのエロ本も湿ってて、中身がなかなか燃えへんかったので助かった。次にトシくんが走って水溜りの水をくんでかける頃には、自然に火は消滅しかかってた。

「わー、よかった。火事になるかと思った」

ぼくはため息をついた。一瞬ヒヤっとしたものが背中に感じられた。

「ほんまにびっくりしたわ」とトシくんも言う。でもコッちゃんだけは平然としてて、ぼくはさすがやなと感じた。

「帰ろうか」ってコッちゃんは言った。ぼくらはうなずいて、帰ることにした。あのヒミツキチはなくなってしまったけど、ぼくらには他にもヒミツキチがあるねん。それに夏になれば、また竹やぶの中を開発すればいい。そのときにはフーちゃんも連れてきてあげよう、ぼくは青いボールを握りしめながらそう思った。夜になる前の散歩道がやけに長く感じた。

ひな人形

ぼくは四人兄弟で、ナッちゃん以外は男の子やったから母さんも大変やんな、とか言いながら、ぼくはフーちゃんとケンカしたり、ニーちゃんにプロレス技を教えてもらったり家中で暴れまわっていた。ソファの上で飛び跳ねて、じゅうたんの上を転がりまわり、大きくもない家の中をこれでもかと動き回った。

「ちょっとあんたたち、やめなさい！」母さんの怒鳴る声が聞こえる。わー、これはやばいな、と察知したぼくはパッと隠れてしまう。取り残されたフーちゃんが母さんに小言を言われている。さっきまでいたニーちゃんもどこかに消えてしまった。そのへんのフットワークの軽さは、ぼくら男の子の得意分野やから。と、ふと、横を見るとそこにはひな人形が飾ってある。ひな人形は、お殿様とお姫様、そのほかの従者とか五人囃子や笛、太鼓とか並んでいる。そして三角形の切り餅が赤い敷物の上にのってる。それって食べられるんかなーと触ってみるけど硬い。「あかんやん」と独り言を言うと、そこにはお姫様の顔がある。真っ白いボーっとした顔。「なんやねん」と無表情なお姫様に向かって言う。ただひな人形はどこまでもひな人形やから、男の子のぼくにはなんの感動も与えへん。

「なにしてるん？」その声はフーちゃん。

「べつに」ぼくは平静を装う。

「母さんに怒られた」

「へー」

ぼくはどこまでも冷静に答える。誰が同情なんてしてやるもんか、って苦虫をかみつぶした顔のフーちゃんに対してぼくは冷たい。

「ニーちゃんは？」

「どっか遊びに行ったんちゃう？」ぼくはひな人形を見ながら答える。

「ナッちゃんは？」フーちゃんはしつこく聞いてくる。

「だから知らんって」ぼくは早くも怒りながら答える。フーちゃんにつきあってるとイライラしてしまうことがある。

「あんたらなにしてんの」という声に振り返ったら、そこにはナッちゃんがいた。

「あ、ナッちゃん」とフーちゃんはうれしそうに言う。

「見ててん、ひな人形」ぼくはナッちゃんに対して答える。

「ふーん」とナッちゃんはさして感動もなくうなずく。

「なぁ、ナッちゃん。なんでこの人形は顔白いん？」とぼく。

「知らん」

「なぁ、ナッちゃん……」フーちゃんがぐずぐずと言う。

「なに？」少し優しくナッちゃんがフーちゃんのほうを見る。

「なんでこのお殿様、白い顔なん？」

その質問に、ぼくは思わず弟をキックしてしまう。

「ナッちゃん知らんって言ってるやろ！」ナッちゃんの代わりにぼくが答える。

「だってぇ」フーちゃんは泣きそうになりながらグズる。

「もうやめとき」

ナッちゃんはおひなさまをジッと眺めてる。ぼくもフーちゃんも、そんなナッちゃんの真似をしてひな人形たちを眺める。こうして見ていると、不思議な世界がそこには広がってる。彼らが奏でる音楽や、運んでいる牛車や、飲んでいるお酒や宴が目の前で繰り広げられているようで。

「動き出しそうや」思わずぼくが言うと、ナッちゃんがぼくの顔を見る。そしてフフフッて笑う。

「んなわけないやん」ってフーちゃんが言うので、ぼくは頭をはたく。

「なー、ナッちゃん、ひな祭りの曲弾けへんの？」とぼくはナッちゃんにリクエストする。すぐそこにはピアノがある。

「弾けるで」とナッちゃんは言い、黒いピアノの前に行く。ぼくとフーちゃんは顔を見合わせる。ナッちゃんが鍵盤を軽く触る。するとポロンという音色が聞こえて、すぐにそのあとキレイな旋律が流れてきた。ぼくらはそれを静かに聞いている。

「ねー、ひな祭りのは？」とフーちゃんが言う。

「あ、うん」ナッちゃんは楽譜をめくる。

「あ、これこれ」そしてひな祭りの曲を弾く。それにあわせてぼくとフーちゃんは当然歌う。

「あかりをつけましょ　ぼんぼりに」

　ねーねー、とフーちゃんがまた言う。

「なんやねん」

ナッちゃんはそのまま曲を引き続けている。

「ぼんぼりってなに？」フーちゃんは静かめに尋ねる。

「だから、ぼんぼりはぼんぼりやん」とぼくはテキトーに答える。

「なー、ぼんぼりってなんなん？」と今度は大きな声でフーちゃんは聞いた。ナッちゃんは笑いながら「ちょうちんみたいなやつのこと」と言いながらも手を休めずにピアノを弾いてる。ただもう違う曲を弾いてて、ぼくたちのことなんてすでに眼中にない。それでぼくとフーちゃんは横に座ってじーっとしてる。でもそのうちヒマになってきて、ピアノの音も聞かずに横で喋り始める。

「ぼんぼりってちょうちんみたいなやつのことやねんて」とフーちゃんがさっき聞いたことを繰り返す。

「知ってるよ。ナッちゃんが今言ってたんやん」

けど、フーちゃんはさも自分の手柄のようにそれを話す。

「でもナッちゃんに聞いたのは、フーちゃんやからね」とまで言うので、ぼくは思わずフーちゃんの頭をまたはたいた。

「なにするんよ！」

今度はフーちゃんが怒った。

「そっちがエラソウにするからやん」とぼくは知らんぷりをするけど、フーちゃんはどこまでも食い下がってくる。

「なんやねん、ぼんぼりも知らんかったくせに」とかうるさいから、もう一度フーちゃんの頭を叩く。今度はちょっときつめにした。するとフーちゃんは仕返しにぼくのお腹を蹴った。それが痛くて、ちょっと泣きそうになったけど我慢して、フーちゃんのお腹を蹴り上げた。わりと本気でやったので、フーちゃんはうずくまった。

「なにするんよ。母さんに言うからな！」フーちゃんはもう半泣き状態で向こうに駆けていった。知ったこっちゃない、とぼくは思いながらナッちゃんの弾く「エリーゼのために」を聞いてる。でも、エリーゼって誰やねん。

「もう、あんたらうるさいねん」

ひと段落したところで、ナッちゃんはそう言いながら鍵盤にフタをした。

「だってフーちゃんが……」とぼくが言おうとしたら、そこにフーちゃんと母さんが立っていた。

「どうしたん。あかんよアーちゃん」と母さんはぼくに向かって言う。

「だって……」そうぼくは言ったけど、泣いているフーちゃんの手前、怒られるのはいつもぼくや。

「お兄ちゃんでしょ、アーちゃんは。弟に優しくしてあげなさい」

母さんは怒ってるけど、今日はそれほど激怒はしてないのでホッとする。本気で怒った母さんは赤い顔の鬼ばばあになるから、本当に怖いのだ。

「わかった」ぼくはしょぼくれたフリをして答える。

「なー母さん、このひな人形はなんで白い顔なん？」ってナッちゃんが救いの手を差し伸べてくれる。母さんはひな人形の前に行くと、それをちょっと手で直してから
「そうやなぁ」とか言ってる。

「わからんねや」とぼくが言うと、母さんがぼくの頭をはたく。

「昔の人は、顔が白かったんや」と母さんは答えるけど、ぼくら三人とも頭の中に？マークが炸裂してる。

「えー？　昔の人って顔白かったん？」とまずはフーちゃんが聞く。

「たぶんね」と母さんもテキトーに答える。

「ねーねー、これってたぶん化粧なんちゃう？」とナッちゃんが鋭く言うもんやから、母さんも「そうかもね」とか迷ってる。

「そうやそうや、これは化粧やで」とぼくはここぞとばかりにナッちゃんの真似をし

て言う。

「あんたは、もう」母さんはちょっと笑いながら言うので、ぼくら三人ともホッとした気持ちになる。

「じゃあ学校で先生に聞いておいで。なんでひな人形は白い顔なんですかって」

母さんはそう言うと、台所に戻っていった。

「ねー、母さん。今日の晩ご飯はなに？」フーちゃんが聞くと、母さんは振り返りもせずに「から揚げ」と答える。ぼくはそれを聞いてジャンプした。

「やったー！　からあげや！」

そして夜、ナッちゃんもフーちゃんもニーちゃんもおいしそうにから揚げを食べた。母さんはもうじき帰ってくる父さんの食事も準備してる。

「ねー、ニーちゃん、なんでひな人形って白い顔か知ってる？」

フーちゃんが無謀にもニーちゃんに聞く。ニーちゃんはうまそうにから揚げをほおばりながら「死んだ人なんや、ひな人形って」と答えて会話はあっという間に終わった。みんなシーンとしてしまう。けど、誰もニーちゃんに「あのさー」って突っ込む者はいなかったし、実際知らないんやからしゃあなかった。ひな人形は奥でそんな会話を聞きながら、また来年の春のために白い化粧をし直してるのかもしれん。女の子のナッちゃんのピアノとか、男の子のぼくとフーちゃんのケンカする声を聞きながら。

桜

ぼくの家には庭があって、そこにはガレージや門や大きな木、バラの花や桃の木や、大きな石や、桜の木まである。別に豪邸ってわけじゃないねんけど、ニュータウンにはそういう家がたくさんあって、うちもその一つってわけ。ぼくらは毎日その庭で遊んだ。

「フーちゃん、そこで見ててな」ぼくはそう言って、いくつかある大きな石の上をぴょんぴょん飛び跳ねる。

「アーちゃん、かっこいい」とフーちゃんが言うので、ぼくはその気になってシュワッチとかする。

「なーフーちゃん、桜咲いてるなぁ」ぼくは石の上から咲いてる桜に向かってジャンプした。

「ほんま、なんで桜って春になると咲くんやろ」フーちゃんのなんで攻撃が始まった。

「そら春やから、暖かいからやん」ぼくはシンプルに答える。これが一番。

「じゃあなんで暖かいと咲くん？」フーちゃんは相変わらず聞いてくる。

「暖かいと、みんな動物も植物も活動するねん」ぼくは年上らしくちょっと難しい言葉を使ってみせる。

「活動？」フーちゃんはわかったのかわからへんのか、変な顔をしたまま桜を見ている。

「こうやって動くことやん」ぼくは再び石の上に乗る。

「動くこと……」と言いながらもフーちゃんはうんともすんとも動かない。ボーッと桜を見てる。

「フーちゃん、そこで見ててや」そうぼくは言って、また石の上を飛び跳ねる。

「あんたらなにしてんの」ふと横を見ると、そこにはナッちゃんが立っていた。

「なにって、別に遊んでるねん」とぼくが代表して答える。

「じゃあ、ちょっとどいて。トモちゃん来てるし」

ナッちゃんはそう言うと、後ろを向いて手招きした。

「やーやー、桜咲いてるね」

トモちゃんはそう言うと、桜の花に手をかけた。トモちゃんは桜と同じくらいの背丈だ。ナッちゃんの同級生でたまにこうして遊びに来る。

「ややわ。最初にぼくらがここにいてんから」ぼくはそう主張する。

「やや」とフーちゃんもぼくの真似をする。

「別にええけど」ナッちゃんはさして気にする様子もなく、トモちゃんと石の上に座る。

「なにするん？」ぼくは石の上に立って、二人の髪の毛を引っ張る。

「ちょっとやめてアーちゃん」とナッちゃんはちょっと本気で怒る。

「桜の絵を描くんよ」トモちゃんのほうは少し丁寧に答えてくれる。

「絵って、お絵かきするん？」とフーちゃんが二人のほうを見て言う。

「そう、学校の宿題やねん」ナッちゃんはフーちゃんに向かって優しく言う。

「ぼくもしたい」

「そしたら母さんに言ったら」ナッちゃんは少し邪魔そうだ。

「フーちゃんもお絵かきしたい！」やっぱりフーちゃんもそう言い出した。

「ええやん、別に」トモちゃんはそう言って、画用紙を二枚ちぎってぼくらにくれた。

「ありがとう」ぼくとフーちゃんはトモちゃんにお礼を言う。

「しゃあないな」とナッちゃんも色鉛筆を貸してくれた。

「やった」ぼくは本当は絵なんてどうでもよかったけど、ナッちゃんやトモちゃんと一緒にいたかっただけやねん。

「桜、描くん?」とフーちゃんはぼくの画用紙をのぞき込んで言う。

「うん」ぼくは桜を見て、シンプルに答える。

「ならフーちゃんも」ぼくらは四人並んで、桜の前でお絵かきをする。

「なんか風が出てきたな」

しばらくするとさっきまでの太陽も雲に隠れてしまった。

「わー紙が飛ぶ」

風で画用紙が飛んでいく。

「ああ、ゼロに食べられる」

ぼくはそう言いながら、飼っている犬のところに走っていった。

「あかんでゼロ、これ食べたら」ゼロはくんくんと画用紙の匂いをかいでいる。

「よしよし、ええコやな」ぼくがゼロの頭をなでると、ゼロはうれしそうに尻尾をふった。

「わー、降ってきた!」ナッちゃんがそう叫ぶ。

「やばいぬれる!」トモちゃんもそう言うと、急いで画用紙をしまった。

「待って、フーちゃんも」

フーちゃんも画用紙を持って、ぼくのところへ来る。

「ゼロ、雨や」

フーちゃんがゼロにそう言うと、ゼロはフーちゃんの足に絡みつく。

「やめて」フーちゃんは少し泣きそうになりながら言う。

「ゼロ」ぼくがそう言うと、ゼロは素直に四人の後ろでちょこんと座った。

「桜、散らへんやんな」トモちゃんがナッちゃんに言った。

「大丈夫ちゃう？」雨が降るのを見ながら、ナッちゃんはそう答える。

「でもあれやで、雨で桜散っても大丈夫や」ぼくはそうつぶやく。

「なにが？」ナッちゃんはぼくの顔を見ながら聞いてくる。

「なにがなん、アーちゃん」フーちゃんもゼロから解放されてホッとして聞いた。

「だってあの桜が散っても、こっちに桜があるやん」そう言ってぼくは庭の端のほうを指差す。

「ああ」とナッちゃんもフーちゃんもそっちを見る。

「ん？」とトモちゃんだけが訳がわからず問いかける。

「あっちに別の桜があるねん」ぼくは得意になって言う。

「別の桜？」

トモちゃんはそっちにある木を見ても、どの桜だろうと思ってるみたい。

「あっち」ぼくが指差すけど、その桜はまだ咲いてないからわかるわけがない。

「ちゃうねんトモちゃん、あっちに八重桜があるねん」とナッちゃんがトモちゃんに説明した。

「八重桜？」トモちゃんはまだ意味がわからずに首をかしげている。

「ちょっと遅い桜で、色とかもっと鮮やかな赤っぽいやつ」

ナッちゃんはそう言うと、画用紙の端にササッと絵を描いた。

「へーそんなんあるんや」トモちゃんは少し感心する。

「そうやで、ぼくはあっちの桜のほうが好きやわ」

ぼくはナッちゃんの絵を見ながら、その桜が咲くのを思い浮かべる。

「フーちゃんもあっちのほうが好きや」

フーちゃんもナッちゃんの絵を見ながら言った。

「マネせんとって」ぼくは雨が降り続けるのを見ながら言う。

「別にええよ、どっちでも」ナッちゃんも雨を見ながら答える。

「どっちにしても違う種類の桜やったら、この絵の続きにはならへんな」

トモちゃんはそう言った。

「そうかも」少し残念そうにナッちゃんもうなずく。

「でも、桜は来年も咲くやろ」ぼくは二人を元気づけるために言った。

「アホちゃう？　宿題は来週や」ナッちゃんは容赦なく言う。

「ありがとうな、アーちゃん」するとトモちゃんがぼくの目線の上から、優しくフォローしてくれた。

「ま、あとは想像で描くしかないか」

ナッちゃんとトモちゃんは自分の部屋に戻って、絵を仕上げにかかった。ぼくは雨と風で散りゆく桜を見ながら、さっきまでののどかな風景を思い返した。

「どう、これ？」ぼくは台所に行って、母さんに絵を見せる。

「ええやん」と母さんはそれをチラっとしか見てないのにほめてくれる。

「フーちゃんも描いたで。うまい？」とフーちゃんが食事を作る母さんに向かって聞く。

「うまい、うまい」母さんはそれもあまり見ずに言う。

「でもさ、フーちゃんの桜は水色やから変や」ぼくはそう言った。

「だってピンク色はアーちゃんが使ってて、使わせてくれへんからやん」フーちゃんは怒って、泣きそうになりながら言う。
「アーちゃん、貸してあげーや」母さんはぼくにそう言った。
「なんやねん、ピンク色はナッちゃんが使ってたんやん」ぼくはぶつくさ言う。
「へーおもろいやん。この絵」
横からニーちゃんがぼくの絵を見てほめてくれる。
「赤色やねん」とぼくはわざわざ解説してみせる。
「これ、あっちの八重桜やろ」ニーちゃんはなにも知らないのでそう言う。
「まぁね」ぼくはいちいち説明するのが面倒になってそう答える。
「ちゃうでー。ピンク色がなかっただけや」フーちゃんがそう言いつける。
「どっちだってええやん」
ニーちゃんが笑ってそう言うので、ぼくは少し勝ちほこる。
「そうや、どっちだってええねん」
フーちゃんは少しふてくされてしまう。
「なにそれ水色の桜？　めちゃおもろいやん」とニーちゃんは言った。
「ほんま?」フーちゃんはようやくうれしそうにする。ボクはちょっと悔しい。
「この雨で桜も散ってしまうな」母さんはそう言って、フライパンに油を引いた。

「ええやん、また八重桜咲くし、オレはあっちのほうが好きやわ」とニーちゃんもぼくと同じことを言った。

「その桜の絵、父さんが帰ってきたら見せてあげ」母さんはそう言って、今度は絵をまじまじと見てくれた。

「うん」ぼくはそう答えながら、誇らしかった。でもフーちゃんの水色のも見せるんかなって思った。赤色のほうが絶対えーけど、水色のもだんだん悪くないように見えてきた。その横ではフーちゃんがフフフって笑ってる。

公園

うちの目の前には公園があった。当然ぼくたちはいつもそこで遊んでてん。滑り台とジャングルジムと、砂場があるシンプルな公園。走り回ったり、鬼ごっこしたり、かくれんぼをしたり。

「なぁフーちゃん、隠れて。探すから」そうぼくが言うと、フーちゃんはうなずいた。

「目をつむってや、アーちゃん」フーちゃんはそう言って隠れた。ぼくは十秒数えてから、フーちゃんを探す。

「どこやろうな」

滑り台の後ろとか、電灯のとことか草むらを探す。

「ここやで」

ふと見上げると、フーちゃんが階段の上に立っている。

「なんなんフーちゃん、出てきたらあかんやん」ぼくは怒って言う。

「だって」すぐに姿を見せたフーちゃんに、ぼくは嫌気がさす。

「もうフーちゃんとじゃ遊びにならへん」ぼくがそう言うと、フーちゃんは焦ってこう言い返した。

「わかった。次はアーちゃんが隠れて。フーちゃん探すから」

さっそく十秒数え始めるフーちゃん。しゃあない。ぼくは急いで隠れる。

「もーいーかい」フーちゃんの声がする。

「まーだだよー」ぼくは草むらを這うようにして隠れ場所を探す。

「もーいーかい」もう一度フーちゃんの声が聞こえる。

「もーいーよ」ぼくはちょっと坂になった草むらに隠れた。ここならフーちゃんの姿も見える。

「どこかな、アーちゃん」フーちゃんはわざと大きな声を出して探し始めた。

「アホちゃう。声出したらこっちから丸わかりやん」ぼくはそうつぶやく。

「アーちゃん、どこ？」フーちゃんはジャングルジムのところからこちらへ向かってくる。

「あ、やばい。来たやん」ぼくは身をふせる。

「アーちゃん」すぐ近くまでフーちゃんは来ている。

「逃げよ」ぼくは隠れながら場所を移動する。

「あれ、アーちゃんなにしてんの？」坂の下から声がした。

「あ、カズ君」

ぼくが振り向くと、そこにはフーちゃんと同じ年のカズ君がいた。

「アーちゃん、みっけ」上からフーちゃんの声もする。

「わーカズ君のせいで見つかったやん」

「なに、かくれんぼ？」カズ君が頭をかきながら答える。

「あ、カズ君！」フーちゃんはうれしそう。

「あ、フーちゃん。一緒に遊ぼ。入れて」

カズ君は一人っ子なのだ。

「ええけど、かくれんぼする？」ぼくは立ち上がって、草をはらう。

「んー、二人ともウチ来る？」カズ君の家は公園の真横にある。

「うん。フーちゃん、行く？」

「うん、行く」

そこでぼくらはすぐそこのカズ君の家まで歩いていった。カズ君の家はこのニュータウンでも一番の大きな白い家で、ガレージには車が二台もある。玄関のところも階段になっていて、大きなドアから入ると花瓶とか置物とかいっぱい置いてある。でもぼくもフーちゃんもそんなん気にせぇへん。だってカズ君はカズ君やし、カズ君の家は前からカズ君の家やから。

「こっち」カズ君は二階の自分の部屋に上がっていく。

「おじゃましまーす」ぼくとフーちゃんはそのあとをついていく。ま、慣れたもんや。

「なにして遊ぶ？」と言いながらも、カズ君はすぐに自慢のＳＬセットを出してる。

「なんなん、また買ったん？」新しい汽車を見てぼくが言う。

「うん、こないだパパに買ってもらった」パパっていうところがちょっとうちとは違う。

「並べる？」

フーちゃんがレールを手にとって並べ始める。

「よし」カズ君もぼくもレールを並べるのに必死になる。カズ君の家にはレールがたくさんあるから、うちみたいに途中で途切れることもない。

「あ、そこはカーブの使って」とカズ君が言うので、ぼくはカーブを探す。

「あ、そこは鉄橋にしよう」とまたカズ君がフーちゃんに言う。

「なー別にええんやけど、ちょっと自由にやりたい」とぼくが不満を述べる。

「ええよ」そう言ったかと思うと、カズ君は突然レールをバーンと蹴飛ばした。

「わーっ、なにするん？」フーちゃんもぼくも驚いてしまう。

「勝手にしたらええやん」カズ君は泣きながら下に行ってしまった。

「え、カズ君怒っちゃったね」フーちゃんが壊れたレールを直しながら言う。

「う、うん」ぼくはどうしたらいいのかわからないままレールを片付ける。するとドアのところで声がする。

「ごめんなさいね」

ぼくらが見上げると、そこにはカズ君のおばあちゃんとカズ君が立っていた。

「ごめんね、二人とも。ほらあなたも謝りなさい」

カズ君はまだ泣きべそをかきながら、ぼくらのほうをチラチラと見ている。

「……ごめん」それでもカズ君はしぼり出すように声を出した。

「えーよ、カズ君。だってこれカズ君のやし、自由にしていいのカズ君や。ごめんな」とぼくは慌てて言った。

「ほんま、わるいのはアーちゃんや」とフーちゃんが言ったのには腹が立ったけど、その場ではなにも言わんかった。

「ほら、仲良く遊びなさい」

おばあちゃんはそう言いながら、カズ君の背中を押した。それでもカズ君はぐずぐずしているので、おばあちゃんは困った顔をする。

「じゃあ、おやつ食べる？」仕方ないという感じでおばあちゃんはそう提案した。もちろんぼくらは喜びいさんで階段を下りていく。

「めっちゃおいしい！」

ぼくもフーちゃんも家では食べられないようなおいしいシュークリームをほおばった。

「そうやろ」カズ君も機嫌を直してうれしそうにする。

「おかわりいる？」そう言ったのはお手伝いさんだ。

「うん、いる！」フーちゃんが遠慮なくそう言うので、ぼくはギクっとする。

「大丈夫です。お母さんに怒られるから」

　ぼくが本当のことを言ったので、みんな笑った。

「お母さんは怒らないでしょ」おばあちゃんも笑っていた。

「そんなことないんです。よく怒られるから」ぼくは本当のことを言う。

「フーちゃんは怒られへん。アーちゃんが怒られるねん」とフーちゃんがまたいらんことを言う。

「そっか、兄弟やからね。うちは一人っ子やから、そういうのはないかな」と優しくおばあちゃんが言う。すると立ち上がってカズ君は、庭のほうに行ってしまった。

「どうしたん」フーちゃんが不思議そうに言う。

「あ、ごちそうさまでした」ぼくはそう言って、庭のほうに行く。

「わー、きれいや。また増えた？」

　カズ君の家の庭には大きな池があって、鯉が何匹も泳いでいる。

「うん、こないだパパが買ってきた」カズ君は鯉にエサを投げながら言った。

「うちの熱帯魚もここで飼ってもらったらええねん」フーちゃんがそう言う。うちにも熱帯魚くらいはいるんやけど、水槽をたまにしか洗わないせいか何匹も死んでしまった。

「ほんまやな。でもこの池は温水ちゃうからあかんわ」とぼくはまともな返事をした。

「ほら、あんた着替えなさい。汗かいたでしょ」と後ろからカズ君のおばあちゃんの声がする。

「うん」カズ君は素直にTシャツを脱ぐと、お手伝いさんがタオルでカズ君の背中をふく。

「なんなん、汗かいたら着替えるって」フーちゃんが聞こえないように言った。

「ほんまやな」ぼくらの家では、汗をかいても一日中同じTシャツを着てる。兄弟が多いから洗濯物がかさばるせいかもしれん。

「ちょっと待ってて」とカズ君は涼しげ。すると突然、ポチャンという音がした。

「わ、なんや!」ぼくは声を上げて振り向く。

「あ、池に」

フーちゃんが指差す方向に黄色いドッジボールが浮かんでいる。鯉たちはびっくりしてすごい速さで泳ぎまくっている。

「まぁ、誰のかしら」おばあちゃんが庭先に立って言う。カズ君の家は公園に面しているので、子どもたちがボールで壁あてをしたりして間違って家にボールが入ってくることがある。そういうぼくだって何度もボールを取りにこの庭に入った。

「ジョンは大丈夫かしら」

ぼくが手でボールを取ろうとしていると、おばあちゃんはそう言った。

「わー、ほえてる！」フーちゃんはこの家の白い大型犬ジョンが怖いのだ。

「ジョン、うるさい！」カズ君は着替えて外に出た。

「ほんならこのボール返すついでに公園でまた遊ぼっか」とぼくは提案してみる。

「あー、うちはもうすぐお夕飯やから」おばあちゃんが即座に言う。

「え、そうなんですか」すごく早い夕飯やなぁ、とか思いながらもぼくらはカズ君にバイバイをする。

「また遊びに来てな」とカズ君は泣いたことも忘れたようにそう言った。

「うん」ぼくもフーちゃんもカズ君の家の門を出て、公園までボールを持っていく。

「まだジョン鳴いてる？」フーちゃんがぼくに確認する。

「もう鳴いてない。大丈夫や」と言ったらすぐまたジョンがウォンウォンと鳴き始めた。白い壁のところで顔だけ出して、歯を見せて鳴く姿はたしかに怖い。

「だからカズ君も来てほしかってん」とフーちゃんは怖気づいて言う。

「しゃあないやん」ぼくがそう言うと、ちょうど公園からユウ君が出てきた。

「あ、そのボール」ぼくらが持ってる黄色いボールを見てユウ君が言った。ユウ君もまたフーちゃんと同じ年で、家も公園からすぐのところや。

「ユウ君のやったんか」

ぼくはユウ君にボールを返すと、一緒に遊ぼうって誘った。

「うーん、でももう帰らんと。時間やし」

なんの時間やろ、みんな。うちでは時間なんて気にしたことない。ぼくらは手を振った。

「またね、ユウ君」

フーちゃんと家に帰ると、うちでもご飯の用意がすでにできていた。

「珍しく早いんやね」とぼくが言うと、横から父さんが姿を現した。

「あ、お父さん。おかえりなさい」ぼくとフーちゃんは喜んで声を上げる。

「ただいま」父さんは、まだスーツを着てこれから着替えるところみたい。

「ほら、ニーちゃんとナッちゃんも呼んできて」と母さんが言う。

「どこにおるん?」と言いながらぼくらは二人して、ニーちゃんたちの部屋に行く。

「お父さん帰ってきたで、ご飯やで」ぼくがそう言うと、ニーちゃんもナッちゃんも驚いた顔をして立ち上がった。

「珍しいな」とニーちゃん。

「まだお腹すいてへん」ナッちゃんも言う。ぼくらは公園で遊んできたからお腹がすいてた。あのシュークリームを二つ食べなくてよかった。食べてたら晩ご飯を食べきれなくなって、また怒られるところや。でもご飯のあとで、お父さんが買ってきたお土産を見て驚いた。それはシュークリームやった。やばい、食べたこと言ったらアカンわとぼくは内心思った。それやというのに。

「シュークリーム食べてん」

フーちゃんがあっけなく言ってしまった。するとみんなが「え?」ってなったけど、カズ君の家って聞いて納得した。

「ほんならこれはいらんよな、あんたら」とナッちゃん。

あかん、あかん、シュークリームやったらいくらでも食べられる。ぼくとフーちゃんは必死で言う。すると母さんは、みんなの分をちゃんと分けてくれた。ぼくらは笑いながらシュークリームを食べて、紅茶を飲んだ。鯉もお手伝いさんもいなくても、それでも十分に楽しくておいしくて、めちゃめちゃいい日やった。

ゼロ

うちの庭には鯉はいなかったけど、汚いアメリカザリガニが入った水槽はあったし、玄関にはそれなりにキレイな熱帯魚もいた。でもなによりぼくの母さんが気に入っていたのは、庭のバラの木やった。五月くらいになると赤い花をつけるその木は、玄関の近くにあった。ぼくはその木の横を通って裏口に回ったりするんやけど、なんせバラの木といったらトゲがあるから参ってしまう。

「あいたた」ぼくがバラの木の下を通ると、トゲがTシャツにからみつく。

「大丈夫？　アーちゃん」とフーちゃんが下からのぞきながら言う。

「大丈夫」ぼくは強がるけど、ほんとはそれどころとちゃう。

「あいたたたた」今度はトゲが肌に刺さってしまう。

「アーちゃん痛いん？」フーちゃんは心配そうに聞く。

「痛いに決まってるやん」ぼくはなぜかイライラして言ってしまう。

「うん」と言いながらフーちゃんはプイッとどこかへ消えてしまった。ぼくは一人ぼっちになって、余計がんじがらめ。

「くそー、バラの木め」ぼくは一人言いながら、なんとかトゲを脱出して裏口へと到着する。

「おそっ」そこに待っていたのはグルッと反対から回ってきたフーちゃんやった。

「なんやねん」ぼくはフーちゃんの頭をはたく。

「痛いわ！」フーちゃんは半泣きになりながら、ぼくに立ち向かう。だけどぼくのほうが背も高いし、小二に負けるわけあらへん。

「ええから、向こう行きーや」

フーちゃんは家の中へと走り去った。ぼくは裏口から塀の上にのぼって、隣の家を眺める。隣の家の庭はキレイに芝生が生えそろってて、なんとゴルフの穴まである。ぼくらの間では自然とこのお隣さんの芝生の中には「入ってはいけません」という共通ルールがあった。母さんからそう言われたのかもしれんけど、そうじゃなくってもこのキレイすぎる芝生に入ろうという気は起きない。もし一歩間違って芝生を汚したり、めくってしまったりしたらどれくらい怒られるか想像できたから。

「ほんまキレーすぎ」

ぼくは塀の上を歩く。桃の木のところでジャンプして自分の家の庭に下りる。そしてデカい木登りの木に挨拶して、家の庭を眺めるとあちこち芝生がはがれている。ぼ

ぼくの案は却下される。

「フーちゃんはゼロでええと思う」意見も権限もないくせにフーちゃんが言う。

「ナッちゃんは？」と母さんが聞く。ニーちゃんはすでにどっか行きそうな勢いやん。

ナッちゃん助けて！

「別にゼロでええんちゃう？」最後の頼みの綱のナッちゃんが賛成にまわる。

「じゃあゼロでええな」ニーちゃんのこの言葉ですべては決定してしまう。ぼくはもんもんとしたけど、もう覆すことはできない。そもそも代わりの名前も思い浮かばへん。

「ゼ、ゼロでいっか……」

ぼくはテーブルの上の小さなゼロを手で抱っこしながら言う。

「じゃあゼロの犬小屋作らんとな」母さんが少しうれしそうに言う。

「作るん？　なんで？　買わへんの？」フーちゃんが母さんの足にへばりつきながら言う。

「お父さんがね、日曜日に作ってくれるねんて」そう言って母さんはフーちゃんの頭をなでた。

「そうなんや」ぼくはゼロの頭をなでながら、日曜日が待ち遠しく感じた。

「お父さんにみんなでお礼言わなな」ナッちゃんがお姉さんらしいことを言ってる間に、ニーちゃんはもう遊びに行ってしまった。裏口から行ったから、ぼくは「バラのトゲに気をつけて」と心で思う。でももう季節は六月やし、アジサイが咲こうとしてるから、バラの花は散ってるかもしれん。

ぼくは父さんが建ててくれたオンボロの犬小屋の前で、大きくなったゼロの頭をなでている。

ガレージ

ニュータウンのぼくの家には、ちゃんとガレージがあるねん。大きな木、緑の芝生、岩のような石、熱帯魚の水槽、バラの花、そしてガレージ。そのどれもがぼくが生まれたときからあるもの。特別にお金持ちってわけちゃうねんで。だってうちの父さんはサラリーマンやし、たままたクジに当たってこの家を購入してん。「ラッキーやった」って母さんも言ってた。そう、この家に住めてハッピーやねんて。だからぼくたちだってハッピーにならないはずない。そうちゃう？

「ねぇー、アーちゃん、こっちこっち」と呼ぶのはいつもながらフーちゃん。

「なんなん」

ぼくが駆けつけると、フーちゃんがガレージの上から飛び降りたフリをする。

「びっくりした？」フーちゃんがこっちを見て笑っている。

「アホちゃう？　バレバレやねん」ぼくはあきれる。

「なんでわかったん？」フーちゃんはほんまアホや、こんなところから飛び降りれるはずないやん。

「超能力」ぼくはカッコつけて言う。

「えーすごい、アーちゃん。ぼくにも教えて」食いついてくるフーちゃんに対して、ぼくは頭をかく。

「うん、小四になったら教えてあげる」

ブーブー言うフーちゃんをほっといて、ぼくはガレージの上から下を見る。

「わーやっぱり高いな」ぼくはつぶやく。

「なー、アーちゃんの超能力で飛べるんちゃうん？」フーちゃんがそんなこと言うもんやから、こっちは引くに引けない。でもやっぱり高い。

「アホか。ここから飛ぶには、最低でも中学にならな無理や」ぼくは強気に言った。

「そうなん？　じゃあニーちゃんやったら飛べるかな？」フーちゃんがそう言うから、ぼくはニーちゃんがここからジャンプするとこを思い浮かべる。

「たぶんニーちゃんならできる」ぼくはそう言って少し後悔した。だってこのことをフーちゃんがニーちゃんに言ったら、ぼくのせいになるやん。ニーちゃんなら飛べるはずやけど、ケガしたらヤバい。

「そっか」フーちゃんがそう答えるのを無視して、ぼくは階段から門のところへ下りた。その小さな門はギーっという音とともに開いて、表札とかある入り口に来られる。その横にガレージがあって、ガラガラと開けるとトヨタのカローラが置いてあるねん。このこげ茶色の車、ぼくはあまり好きちゃう。だって他の家は白とか赤とか黒やのに、なんでうちだけ茶色なん。えらい地味やし、かっこわるいわ。

「なぁアーちゃん、どっか行くの？」ふと横を見ると、弟がいる。ぼくは弟とガレージを見比べながら、自分の自転車を取り出そうとする。車の横の狭いところに何台も置いてあるから、なかなか出せない。

「ちょっとフーちゃん、自分の出してくれへん？」ぼくはそう言いながら、ようやく奥にある自分の自転車を出してくる。

「なぁ、どこ行くん？」フーちゃんがしつこく聞いてくる。

「ちょっと散歩」ぼくはテキトーなことを言う。でも実際は別にどこに行くとか決めてへん。

「待って。フーちゃんも行く！」

ぼくは弟と行くのがちょっと嫌な気持ちと、ちょっとうれしい気持ちと半々。だってフーちゃんはトロいから、一緒に行くと待たなあかん。でも一人より二人のほうが心強いし楽しい気もする。ま、いつも一緒なんやけど。

「じゃあ母さんに言ってきて」ぼくはここぞとばかりに弟に命令する。するとフーちゃんは喜びいさんで母さんに報告しに行く。ほんまおめでたいな。

「いいよやって！」そう元気よく飛び出してきたフーちゃんの前を、車がビュンと通る。

「あぶなっ」ぼくは一瞬ヒヤっとする。だってもしフーちゃんがひかれてたら、どうなるか想像もできへん。こわい。

「こわかったぁ」

フーちゃんは泣きそうになってる。ぼくだって少し泣きそうやけど、弟の前で泣くわけにはいかへん。

「大丈夫なん?」ぼくがフーちゃんに聞くと、フーちゃんはうなずいた。

昔、ぼくはフーちゃんを傷つけたことがあるねん。いやケンカとかなら今でもしょっちゅうしてるけど、そうとちゃう。もっと小さいときに、たまたま廊下にいたフーちゃんを押してしまったらしくて、それでベランダから転げ落ちたフーちゃんは庭にうずくまった。ああ、とか思ってると、小さいフーちゃんは泣いてる。ごめん、って言う間もなく、フーちゃんの歯は折れてた。

「どーせ生えてくるやろ」と父さんは言ったけど、まだ生えてくるまでに何年もかかる。それまでは簡単な差し歯をすることになった。「子供用の差し歯は保険がおりないから高い」って母さんが言ってた。ぼくはその横でどうしたらいいのかわからへん。誰もぼくのことを責めるわけちゃう。フーちゃんだってハッキリ覚えてないやろうけど、弟の鼻が低くて少し曲がってるのもそのせいかもしれん。もうどうしようもないし、だからといってフーちゃんをイジめるのを止めたわけちゃうけど。それでも子どもながらに感じるものってあるねん。

「なぁ、どこ行くん?」フーちゃんが後ろから自転車をこぐ。

「どこ行こか」

ぼくらはニュータウンの坂道を上っていく。ここは山を切り開いてできた住宅地やから、あっちこっち坂だらけや。

「散歩道は？」フーちゃんが言う。

「そやなぁ」

ぼくはいろいろ考えながら走っていく。散歩道を通って、坂の一番上にやってくる。

「ふぅフーちゃん疲れた」

もう疲れたんか、とぼくは思うけど、そのときいい考えを思いついた。

「そうやフーちゃん、こっから一気に坂下りようか」

ぼくらの家は坂のちょうど真ん中あたりやけど、この一番上からずっと下りていけば結構なキョリになる。

「坂下りるん？　せっかく上ったのに」

たしかにそれはそうやけど、おもろいやん。ぼくはフーちゃんのことほっておいて坂を下り始める。きっとすごい勢いになるで。

「ちょっと待って」すぐにフーちゃんも下りてくる。ビューンって風の音がして、ぼくらは散歩道を一気に下りる。

「フーちゃん大丈夫か」ぼくはちょっと後ろを見ながら言う。

「うん」フーちゃんも風を受けて楽しそう。竹やぶとか木とかベンチとか、散歩してるおばあさんとか犬とかみんなあっという間に通り過ぎる。

「ヤッホー！」ぼくは叫びながら立ち上がる。自転車はとどまるところを知らない。


「わーわー」フーちゃんも意味不明の雄たけびを上げてる。

「すごいキョリやな」ぼくはフーちゃんに叫ぶ。

「なんて？」フーちゃんの声も風で聞こえにくい。

「すごい」ぼくは後ろに向かってもう一度叫ぶ。

「うん」フーちゃんも叫ぶ。その瞬間、自転車がフラフラとなってこけそうになる。

「おっとっと」ぼくはなんとか自転車の制御を保って、安定させる。

「大丈夫、アーちゃん」という声が後ろから聞こえて、うんって言おうとしたら石に車輪がつまずいた。ガシャンガシャンという音とともに、散歩道の脇の草むらにぼくの自転車がつっこむ。

「あいたた……」ぼくは草にまみれながら倒れた自転車と、カラカラ回っている車輪とを見る。後ろでブレーキの音を響かせながらフーちゃんが追いついてくる。

「アーちゃん、大丈夫？」フーちゃんはすごく心配そうに、自転車を下りてぼくの横まで来た。

「うん、平気」ぼくはヒジとヒザがすりむけて血が出てたけど、強がった。血をなめて、なんとか立とうとする。

「あいたた」ぼくはヨロッとなって、思うように自転車を立ち上がらせることができない。

「血、出てるで」フーちゃんが言うので見ると、ぼくのヒザからまた血が出てる。

「くそーもうちょっとで下まで着いたのに」

先を見ると、散歩道の終わりの柵がある。その向こうには天の川という小さなドブ川が流れてる。

「うん。天の川までもう少しやったな」フーちゃんもそう言って少し笑った。

「あーあ」

ぼくはゆっくりと自転車を持ち上げる。自転車はハンドルが少し曲がってしまって、運転していくのは無理や。

「押して帰るん?」フーちゃんは心配そうにこっちを見てる。

「うん、それしかない」ぼくはなるべく痛いのを我慢して自転車を押した。横にはフーちゃんが自転車を立ちこぎしながらついてくる。

「かわろっか」優しいフーちゃんはそう言ってくれる。たぶん逆の立場やったらどうやろう。ぼくならさっさと帰ってしまうやろか。

「大丈夫」ぼくは弟に甘えるわけにはいかへん。坂道をずっと歩いていく。

「なぁフーちゃん、先に帰ってもええで」

　ぼくはフーちゃんに言ったけど、フーちゃんはずっと一緒に帰ってくれた。なんて弟やろ。あーあ、帰ったら母さんには怒られるかな。でもフーちゃんじゃなくてまだぼくがケガしてよかったわ。今は一刻も早く家に帰りたい。早くこのハンドル曲がった自転車をガレージに入れてしまって、それでニーちゃんやナッちゃんや父さんと、おいしいご飯食べたい。ケガのことは笑われるかもしれへんし、自転車のことは怒られるかもしれんけど、すごい勢いで走ってたんって言ったらニーちゃんならきっとほめてくれるはずや。

竹やぶ

　竹がパキパキと燃えてる音がする。ぼくの小学校は竹やぶを切り開いてできてて、周りには竹がいっぱいあるねん。だから七夕とかそういうイベントのときにはなにかと竹が活躍する。それで終わったあとには、必ず竹をまとめて燃やすってわけ。

「燃えてるね」

と、横に立っているフーちゃん。

「うん」

ぼくも言葉少なめにうなずく。なぜか炎を上げて燃えている竹をじっと見ていると、何も話したくなくなる。

「なんて書いたんやっけ？」

フーちゃんがぼくの手を引っ張る。

「なにが？」ぼくはフーちゃんを見て言う。

「七夕の願いごと」

フーちゃんは純粋な瞳でそう聞く。

「ああ」

ぼくは自分の願いごとを思い出す。そこにはこう書いた。「一番のスイマーになれますように」もちろんスイマーって泳ぐ人のことや。ぼくはスイミングを習ってるから、誰よりも速く泳ぎたいねん。

「ねー、なんやっけ？」とまだ手を引っ張るフーちゃんに対して、ぼくは「うん」とだけうなずいた。なんか説明するの面倒くさいし照れくさいわ。自分の願いごとをあた。


らためて言うなんて。

「速く泳げるようになれますように、って書いてん」

仕方なくぼくは答える。遠くで燃えている竹がまた一つパキンという音をたてた。

「ちゃうちゃう、それはアーちゃんの願いやんか。ぼくのやつ」とフーちゃんは言った。

「え、なんなん。自分の願いごと忘れたん？」

するとフーちゃんはちょっとバツが悪そうにしている。

「うん……」うなずいて、頭をかくフーちゃん。

「アホちゃう」ぼくは呆然としながら、フーちゃんの短冊を思い出す。

「なんやっけ……」

フーちゃんも自分のを思い出そうとしている。

「たしか、お星様になりたいとかちがった？」

ぼくが冗談で言うと、フーちゃんは頭をふった。

「そんな子どもみたいなこと書かへんわ」

子どもやん、って思うけど口に出したのは別のことやった。

「『大きくなれますように。世界がへいわになりますように』とかやろ」

「そうやった」と納得顔のフーちゃんに、ぼくは笑う。

「自分のくらい覚えときーや」

そうするとまた竹がパキンパキンと音をたてた。

「なぁ、アーちゃん」またフーちゃんがぼくの手を引っ張る。

「なに？」と言いながらもやはりぼくは燃えてる竹から目を離せない。

「向こう行かへん？」フーちゃんがそう言ったもんやから、あらためてぼくはそっちを見た。

「ん、竹やぶ？」

そう、反対の奥は竹やぶで学校との間に金網が張ってある。でもまぁいくらでも抜け道があって、竹やぶの中に入ることはできるねん。ほら、肝試しとかそういうのもそこでやるから。

「そう、入ってみたい」

フーちゃんは風で揺れている竹やぶを指差した。

「ええけど、別になんもないで」とぼくは兄ちゃんぶって言う。でも本当のところは風が強い竹やぶに入るのは苦手やねん。ビュービューと風に吹かれて、大きく揺れる竹ほど怖いもんってそうない。

「じゃあ行く?」

フーちゃんに聞かれて、ぼくはちょっと戸惑った。だけどここで弟に弱いところなんて見せられへんから。

「ええで」と言って、ぼくらは金網のほうに向かった。するとフーちゃんはどんどん進んでいく。

「待って」

そう言うぼくを見て、フーちゃんは「はやく」って手招きする。少し腹が立って、ぼくはダッシュして金網に登る。

「のぼれへん」フーちゃんは金網に登ろうとして足を滑らせたりしてる。

「じゃあ、あっちから回って」とぼくは金網の上から指差した。もう少し先には穴があいてて、小さい子ならそこから入れるねん。

「わかった」と言ってフーちゃんは駆けていく。ぼくは緑色の金網の上からそれを見ている。風が吹くとちょっと危ない。竹がうなるように揺れる。

「あぶなっ」

ぼくは金網の上から竹やぶの地面にジャンプした。

「アーちゃん」という声が聞こえる。ちょっと足が痛かったけど、なにもなかったように足をさすって立ち上がる。

「じゃあ行こか」

あくまでリーダーシップを発揮する。ぼくはもう四年生で、フーちゃんはまだ二年生やねんから。

「うん」と素直にフーちゃんもついてくる。外の世界と別みたいに竹やぶは存在してる。ぼくらはぬれたようになってる地面に気をつけながら歩いていく。竹の根っこがあちこちに出てて、でこぼこやから歩きにくいねん。

「大丈夫？」とぼくが後ろを振り返ると、フーちゃんは少し後ろをゆっくり歩いてくる。上を向くと太陽の光がところどころ注いでくる。

「うん、なんか暗いな」とフーちゃんも上を見てる。たしかに外に比べると竹やぶに囲まれたここは薄暗い。それで風なんかが吹くと、ビューっという音がしてぼくは一瞬ヒヤっとする。ふとフーちゃんを見ると、立ち止まってる。

「どうしたん？」ぼくが聞くと、フーちゃんは地面を指差して「ほら」と言う。ぼくがそこまで戻ってみると、地面に小さな竹の子が何本も生えていた。

「ああ」ぼくはその一本に手をかける。

「どうするん？」

ぼくはそのまま竹の子を引き抜こうとした。だけど全然びくともしない。竹の子は地面に張りついてる。

「あかん」

するとフーちゃんが竹の子の皮をめくり始めた。いくらむいても中から新しいキレイな皮がでてくる。

「なんかだんだん小さくなってきた」とフーちゃんが笑って言うので、ぼくがその竹の子に手をかけると小さくなった分、簡単に取ることができた。

「取れたわ」ってぼくは言いながらも、その竹の子をどうしたらいいのかわからへん。

「持って帰る？」

「そうやんな」

ぼくは母さんの喜ぶ顔が目に浮かぶ。持って帰って食べたらおいしいかもな。

「フーちゃん、竹の子ご飯大好きや」と微笑む弟の姿。でも、ぼくは竹の子ご飯大嫌いやけど。

「じゃあそろそろ帰ろっか」とぼくは言う。風がまた強くなってきて、さっきから竹がギーギーと鳴ってる。

「うん」とフーちゃんも納得顔。たぶん怖いんやと思う。

ぼくらはまた金網のところまで戻って、フーちゃんは穴から外に出て、ぼくは上へとよじ登った。下りるときは誰か人に見られてないか気をつけながら、今度はジャンプしないで網に足をかけてゆっくりと下りた。足も痛いし。

「こらっ」という声がするけど、それがフーちゃんの声やってすぐにわかるのでぼくは思わず笑う。

「全然怖くないわ」と言いながらも、他に人が来たらあかんから二人でさっさと逃げた。

さっきまで燃えていた竹もだいぶ燃えてしまったみたいや。パチパチと小さな音がしている。近くまで行くとススになった竹が炭みたいに灰色になってる。

「あったかいな」

フーちゃんが手をかざすと、係のおじさんが「あぶないよ」と声をかけてきた。ぼくらはそそくさとその場をあとにして、フーちゃんは手に持った竹の子を後ろに隠す。他の子たちもとっくに帰ったみたいで、夕日が沈もうとしてた。振り返ると風が吹いて、向こうで竹やぶが大きく揺れている。まるでぼくらに手を振ってるみたいや。天高くそびえる竹を見ながらぼくはさっきまで恐かったことも忘れる。そして燃えさかる竹と一緒にぼくは一つまた大きくなって、竹の子を食べて成長していくねん。

「おいしい」と、ご飯をほおばったフーちゃんが言う。ニーちゃんもナッちゃんも、うなずいて竹の子ご飯を味わってる。母さんは「もう勝手に取ってきたらあかんよ」と注意したけど、父さんはなにも言わへんかった。だってたぶん、ぼくらの冒険談はそれ以上に楽しげやったから。ま、ぼくは竹の子のご飯は大嫌いやけど、せっかくフーちゃんがうれしそうやったから黙って食べることにした。

廊下

ぼくの家は千里ニュータウンの住宅地にあって、目の前に小さな公園があって、家には庭があって、その庭では犬を飼ってる。その犬はゼロって名前で、ぼくが一年生のときに拾ってきてからは、小さな宝物。いつも悲しいときに慰めてくれるのはゼロやった。なにが悲しいねんって？　たしかにそれはぼくにもわからへんけど、ほら、家族が多いといろいろあるやん。まぁ逆に、兄弟が少ない人のことはわからんけど。で、そのゼロが来る前には、ぼくはよく一人で廊下で遊んでた。一人？　もちろん兄弟が多くても、一人で過ごす時間はあるわけやん。

「あー、きれい」

ぼくはその廊下にある小さな窓ガラスから入る光を見ている。小さな廊下には庭に出るガラス戸とは別に、上のほうに小さな窓ガラスがあって、ぼくはそこから入る光が好きやった。スーッと光が筋になって、なんか知らんけどキレイやねん。じっと天井を見て、そのまま網目模様の白い壁をたどって、ガラス戸を見る。外は別世界みたいな感じ。この廊下は光で暖かいし、まるで温室みたいにぼくを育ててくれた。横には古いレコード台があって、そのレコードでぼくは音楽を鳴らす。「黒猫のタンゴ」とかそういうの。するとフーちゃんがやってくる。

「好きやなアーちゃん、その曲」

その通り、好きやねん。

「母さんは?」

さっきまで母さんとフーちゃんはお買い物に行ってて、ぼくは一人でお留守番。悲しさの元はそれやろうか?

「母さんは台所におる」フーちゃんは音楽にあわせて踊ってみせる。

「なにそのダンス」ぼくが笑うと、フーちゃんは調子にのってさらにむちゃくちゃに踊る。

「黒猫のダンスやん」ハーハー息を切らせながらフーちゃんはそう言う。こんなフーちゃんのこと、ぼくは好きや。

「でもむちゃくちゃに踊らんとって。なんかいやや」そうぼくは言って、兄貴らしさを見せつける。

「わかった」こんなときのフーちゃんはとても素直で、信じられんくらい兄貴思いやねん。

「なー、フーちゃん、これで遊ばへん？」ぼくは横に置いてあるチョロQを取り出した。

「ええで」とフーちゃんはパトカーのチョロQでぼくのチョロQを追いぬかす。それを廊下の床ですべらせる。床には灰色のマットがしいてあって、その上をチョロQで競争する。暖かい光がぼくらを包んでくれる。

「あんたら遊んでるん？」母さんが台所から叫ぶ。

「うん！」とフーちゃんが元気よく言う。うん、とぼくは心の中で思う。

「おやつ、あるで」母さんが言う。

「うん」

フーちゃんが走っていく。ぼくはじっと廊下にたたずんでる。でも誰が自分から行くもんか、ってなぜかすねてる。買い物に行く前からぼくはすねてるねん。だって母さんはフーちゃんばっかりひいきするから。なんでぼくばっかり。

「アーちゃん、おやつあるよ」とフーちゃんの声がする。ぼくは廊下のガラス戸から外を見る。芝生の庭は平和そのものやけど、ぼくにはなにか物足りない。それがなにかはわからんねん。

「おいしいで」

しばらくしてからフーちゃんがお皿に半分にカットしたグレープフルーツをのせて持ってきてくれる。たしかにおいしそうや。

「おいしかった?」ぼくがフーちゃんに聞くと、フーちゃんはうんうんとうなずいてみせる。

「いらんなら、ぼくが食べるよ」とフーちゃんがスプーンを持った。

「いやや、食べる!」

ぼくはそのスプーンを奪い取る。フーちゃんは素直にスプーンを渡してくれる。

「こぼしたらあかんよ」という母さんの声が聞こえる。なんや、うるさいなーと思いながら、グレープフルーツを食べる。すると案の定、ぽたぽたと汁がこぼれる。

「やってもうた。フーちゃん、雑巾もらってきて」

するとフーちゃんはダッシュで雑巾を取りに行く。やばい、床にシミができてしまう。

「だから言ってるやろ、やって」と弟は母さんの伝言を伝えながら、雑巾をぼくの前に出す。ぼくはその雑巾で床をふく。灰色のマットが一部ぬれて黒っぽくなった。

「あーあ」

ぼくは必死に雑巾で床をこする。フーちゃんはそれを心配そうに見てる。また母さんに怒られるわ、というふうに。ぼくらにとって、そこは王国であり監獄であるわけやから、母さんはそこを守る守護天使であり鬼ばばあなわけ。

「大丈夫?」フーちゃんだけはぼくのことを心配してくれる。ぼくはフーちゃんが雑巾と一緒に新しく持ってきたグレープフルーツを、分けっこして食べる。

「なぁ、フーちゃん覚えてる?」

「なにが?」フーちゃんはその純粋な瞳でぼくの目をのぞきこむ。

「ここから落ちたときのこと」

ぼくはガラス戸のところを指差した。そう、弟を押し飛ばしてガラス戸のところから、幼いフーちゃんが落ちて前歯が折れたときのことや。

「うん」と心細そうにフーちゃんは答える。そっか、やっぱり覚えてるんや、まだ三歳くらいやったけど。ぼくは五歳やったから一応覚えてる。落ちたフーちゃんがわんわん泣くからすごい心配やったし、罪悪感っていうのかそんなんも感じたし。

「ごめんな、フーちゃん」とぼくはなんかすごく謝りたくなってそう言う。するとフーちゃんは頭をかいて、ニヤっと笑う。

「ええねん、実はあんまり覚えてへんし」

なんやそうなんや、とぼくはちょっとホッとする。それでもフーちゃんが差し歯であることには変わりないし、鼻が低いんはそんときのせいかもしれん。

「なぁ、ここに落書きしよっか」フーちゃんはクレヨンを持ってきて、白い壁に赤い線を引いた。

「うん」とぼくは黄色い線を引く。壁には今までにもいろいろ落書きしてきたから、色とりどりになってる。さすがにニーちゃんやナッちゃんが落書きしたんは残ってないけど。

「あんたら、落書きしてんの？」とナッちゃんがあらわれた。

「え、うん」ちょっと動揺しながらぼくが答える。

「ふーん、また怒られるで」と言うと、ナッちゃんは庭に出ようとして、食べ終わったグレープフルーツがのったお皿につまずいた。

「あ、ナッちゃん。こぼした」とフーちゃん。さっきのグレープフルーツの汁が残っててん。

「わーっ、なんでこんなとこに置いとくんよ」とナッちゃんは言うと、すぐに雑巾でふく。やった、これでさっきぼくがこぼしたんはバレへん。帳消しや。

「ナッちゃん、グレープフルーツ食べたん?」とフーちゃんが聞く。

「まだ食べてへん」

するとう、「じゃあ食べてきたら?」と親切なフーちゃんが言う。ナッちゃんはちょっと機嫌が直り、グレープフルーツを食べに行った。

「ナッちゃんもこぼしたな」ぼくはほくそえんでフーちゃんに言うと、フーちゃんもなんかうれしそうにしてる。

「グレープフルーツ、もうないらしいわ」

と言いながらナッちゃんが戻ってきた。

「ないって、なんで?」とぼくが聞くと、ナッちゃんは少し怒ってぼくの足を蹴とばした。

「あんたらが食べたからやん」

あ、そういえば新しいのもフーちゃんと分けて食べたんや。

「ごめん」ぼくは謝る。なんか今日は謝りたい気分やねん。

「ま、えーけど……」そうは言うものの、ナッちゃんの食べ物に対する恨みは大きいからな。

「今度ぼくとフーちゃんのおやつあげるから」ぼくは勝手に提案する。

「えー、ぼくのもなん？」フーちゃんが声をあげる。ぼくはフーちゃんの頭をはたく。

「当たり前やん、フーちゃんもグレープフルーツ半分食べたやろ」

そうぼくが言うと、フーちゃんは恨めしそうな顔でぼくをにらむ。なんでやねん。

「もーえーわ、あんたら」そんなぼくらを見てナッちゃんは言う。ほんでガラス戸をパッと開く。すると、風と太陽がパーッと入ってくる。

「気持ちいい」とフーちゃんが言う。

「気持ちいいな」そうナッちゃんも答える。さっきまでぼくだけの廊下やったのが、いつの間にかぼくらの廊下になってる。しかも戸を開いたら、そこに新しい世界がドバッと入ってくる。安全で優しい芝生の王国。ほんで夕方になって、また戸を閉めてニーちゃんが帰ってきて、晩ご飯を食べた。そのときにナッちゃんが、落書きのことを告げ口した。それでぼくらはまた母さんに怒られた。たぶんグレープフルーツの恨みやと思う。だけど結局ニーちゃんが「おれらもしてたやん」と言ってくれたので、母さんはそれ以上怒れなくなった。それに父さんが帰ってきてからも、そのことは話さないでいてくれた。まだしばらくはあの落書きは消されないし、その前に完成させるねん。ほんま廊下にいると小さな楽園が広がってるみたいに、ぼくは楽しめる。それに一人でも寂しくない、まぁ実際は一人じゃないんやけど。

熱

ぼくはずっと体が弱かってん。見た目はそうでもないのに、風邪とかひきやすかった。あれってなんでなんやろ、生まれつきなんやろか。ナッちゃんやフーちゃんはすごく健康で、風邪もめったにひかへん。やのにニーちゃんとぼくだけは不健康児やった。

「大丈夫、アーちゃん？」ぼくが寝ているとフーちゃんが横に来る。

「うん」ぼくはボーッとした頭を横にする。

「グレープフルーツ食べる？」フーちゃんが心配そうに聞く。

「ううん、いい」ぼくが言うと、ドタバタとフーちゃんが台所に走っていく。

「いいってー」というフーちゃんの声が向こうから聞こえてくる。

ぼくはボンヤリとした頭を、再び元に戻す。熱っぽさと、死神にとりつかれたような感覚。向こうではフーちゃんやナッちゃん、母さんの喋る声が聞こえてくる。すぐ隣にあるのに手が届かない場所？　向こう側は平和であたたかいのに別世界のこっちは暗闇の中。声も出すことができない。「ここはどこやろ」って思う。光が見えたと思ったら、また暗くなり、意識があいまいになり、ハッとなったかと思えばまた夢の中に落ちる。何度そういうのを行き来してきたんやろ。

ふと目覚めると、母さんが横にいた。

「熱は下がったみたいやね」

優しい手がぼくの額を触っている。そしてスプーンでおかゆを食べさせてくれる。

「おいしい」

ぼくはドロドロのおかゆをやっと食べる。熱は下がったかもしれんけど、ノドは痛いしセキも出る。

「大丈夫、セキが出たらもう治ってくるわ」

母さんはさもそうであるかのように言った。ぼくにはそれを疑う正常な頭も、元気もない。ただ母さんの愛情を一身に感じている。

「なぁ、治ったらいっぱい遊んでいい？」ぼくが聞くと、母さんが笑う。

「ええよ、みんなで万博でも行こか」

「万博」こと万博公園は、うちからちょっと行ったでかい場所で、よくそこでピクニックしたりした。

「エキスポがええ」

万博公園の隣にある遊園地がエキスポランドで、そこは公園とちがって観覧車やジェットコースターとか乗り物がたくさんある。

「父さんに聞いてみるわ」と言って母さんは行ってしまった。

そしてぼくはエキスポで遊んでる夢を見る。


ナッちゃんとニーちゃんがジェットコースターに乗ってる。上から手を振るニーちゃんたちに、ぼくとフーちゃんは下から手を振る。「ぼくも乗りたい」ってフーちゃんが横で言う。えー、よくあれに乗りたいって言うわーとぼくは内心で思う。怖くないんかな、いや絶対に乗ったらフーちゃん泣くと思うけど。

「アーちゃんは？」とフーちゃんが聞いてくる。兄の威厳として「もちろん乗る」とぼくは答えるけど、まったく乗りたくないねん。

　ナッちゃんとニーちゃんがジェットコースターから戻ってくる。

「どうやった？」

「楽しかったで」

　ナッちゃんはキラキラした目で答える。ニーちゃんを見ると「まぁまぁ」というふうに頭を振り、「もっと高くてもえーな」と言う。さすがニーちゃん。

　フーちゃんがどうしても行きたいっていうから、ぼくらはジェットコースターの受付まで行く。でもフーちゃんの背が全然足りない。

「あかんやん」とニーちゃんに言われて、フーちゃんは泣いてしまった。「泣いてもどうにもならんで」とナッちゃんが言う。そらそうや、とぼくも思う。

「どうする？」とニーちゃんがぼくに聞く。え？　どうするってなにが？

「だからアーちゃん一人で乗るか？」

　ぼくの背はぎりぎりクリアしてる。でもジェットコースターになんか一人で乗りたくない。

「誰か乗ってくれる？」

　ぼくが聞くと、ナッちゃんがすぐさま手を上げる。ええ、本当に乗るん？　とぼくは思うけど、次の瞬間、ぼくはジェットコースターで一番高いところに来てる。うしろにはナッちゃんがいて、キャキャー言ってる。

「やめて、いやや！」とぼくは一番高いところで叫ぶ。でもその声はどこにも届かへん。ふと下を見ると、そこには小さな点のようなフーちゃんとニーちゃんがいた。

「あかん」

「アーちゃん」

とナッちゃんの声がした。

「ナッちゃん」目が覚めて、そう答えるのが精いっぱいのぼくは、汗をいっぱいかいてる。

「大丈夫？」

ぼくは照れくさいのと、頭がまだボーっとしてるのとで、簡単にうなずくだけにした。

「もう晩ご飯やけど、食べる？」

ぼくは全然お腹なんてすいてないし、食欲もないから頭を振る。

「じゃあお母さんにそう言うで。あとでおかゆ持ってくる」

そう言ってナッちゃんが消える。すると、それがなんでか正常な現実世界やという実感がわいてくる。少し頭の中の霧が晴れたような感じ。それでぼくは天井をじーっと眺める。天井の模様を見てると、それが誰かの顔のような気もしてくる。笑ってたり、怒ってたり。じょじょにそれはリアルな顔に見えてくる。すごく怖い。ぼくは天井を見るのをやめにした。

「ただいま」という声が聞こえてくる。父さん、とぼくは思う。ドタバタとナッちゃんやフーちゃんが廊下を走ってる音がする。ニーちゃんや母さんがなにか言っている声が聞こえてくる。父さんの声は低いからあまり聞こえへん。するとドアが開いて、スーツ姿の父さんが顔を見せた。ドアの向こうが明るくてこっちは暗いから、父さんの顔は影になってってはっきりとはわからへん。

「どうや、調子は?」

「うん……」ぼくはどう答えたらええかわからん。

「治ってきたんか」

父さんはぼくの額に手をのっけた。

「うん」としかぼくは答えられへん。大きな手。

「そうか、熱はないな。まあ、母さんがいてくれるから。明日また医者に行きなさい」父さんは言うと、部屋から出ていこうとする。

「なぁ」とぼくは言う。父さんは立ち止まる。

「なんや」

「万博よりエキスポに行きたい。治ったら」ジェットコースターには乗らへんけど。

「ああ。治ったら、また日曜に行こう。どっちでもえーから、アーちゃんの行きたいところにしよ」と父さんは言ってくれる。やった、万博でバドミントンとかピクニックするのもえーけど、やっぱり遊園地のほうがおもろいやん。

「じゃあ」と父さんは言って、明るいほうへと消えていく。

ドアが閉まるとまた暗い部屋に逆戻り。声だけがまた下の階からペチャクチャと聞こえてくる。声にならない声。楽しげな笑い声。そしてあたたかい空気。ぼくはちょっと布団をのけて、よろよろと立ち上がってみる。少しめまいがして、ヨロっとなる。フーッとため息をついてから、自分の重心を足が支えられることを確認する。ひさしぶりに立った気がした。ドアのところまで行くと、ようやく向こうから光が差し込んでくる。ワー、めっちゃまぶしいやん、とぼくは思う。目を細めながら、ぐちゃぐちゃの髪の毛をさすって階段のところまで行く。階段を見下ろすと、それは果てしなく遠くて、クラクラとめまいを感じる。壁をつたってなんとか下に下りようとするけど、ぼくは倒れそうになる。あかん、とぼくは座り込む。そして耳をすます。みんなの声がより一層近くに聞こえてくる。

あーみんな、向こうにいるんや、ぼくがここにいること知らんねや、とぼくは思う。そして急に眠気がしてきて、しゃがんだ足のところに頭を持ってくる。そして目を閉じる。そこは再び暗闇、階段の冷たい木の感触。またはヒソヒソと聞こえるみんなの声。みんな、ぼくのことに気づいてや。

「アーちゃん、なにしてんの」

そう言ったのはニーちゃんやった。

「え?」ぼくは頭を上げる。すると階段の下にニーちゃんが立ってる。

「風邪、ひどくなるで。トイレ?」

「うん、ちょっと」

ぼくが言うと、ニーちゃんが階段を上がってくる。ぼくは少し怖いような、ありがたいような不思議な気持ち。ニーちゃんが手を差し出して、ぼくはそれにもたれかかって立つ。

「大丈夫?」

「うん」ぼくはパジャマのすそを直しながら答える。

「ほら」とニーちゃんが背中を向ける。

「え、ええの？」

　ニーちゃんの大きな背中に、ぼくは体ごともたれかかる。

「軽いわ、アーちゃん」とニーちゃんは言って、ぼくを背負って階段を下りる。さすが中学生のニーちゃんは全然ぼくよりもデカくてしっかりしてる。階段を一歩一歩下りながら、ぼくはニーちゃんの背中にもたれかかっている。

「ほら」と言って、ニーちゃんはぼくを下ろしてくれる。ぼくはいそいそとトイレに行く。そして黄色い小便がドンドン出るのを見ながら、さすがニーちゃんと思う。ぼくと同じでニーちゃんも病気がちやから、風邪とかひいたときの気持ちがわかるねん。ぼくとニーちゃんは仲間やねん。だから優しいねん。

　と、外に出ると、母さんがいた。

「大丈夫？」

　母さんは少し心配そう。

「うん」

「おかゆ食べる？」と聞かれたので、ぼくは首をたてに振る。それからあたたかいリビングに入って、みんなが食べているお皿を見ながらおかゆを食べた。

日曜日

千里ニュータウンっていっても、まだ開発しきれてないとこもあるねん。だから学校の裏は竹やぶやし、そこから緑地公園に抜けるあたりには田んぼや畑もある。日曜日になると、ぼくと父さんは、よく犬のゼロを連れて散歩しに行った。そらエキスポランドとか万博公園もえーけど、やっぱちょっと遠いやん？　だから裏山から抜けるそのあたりは、ちょっとした散歩にはもってこい。うちの近くの散歩道よりも、さらに広いし遊んだりもできる。季節がちょうど秋とか、収穫のあとやったりすると田んぼに入ったり、走り回るゼロを追いかけたりする。

「ちょっと待ってー」

ぼくが解放されて走り回るゼロを追いかけると、その後ろをフーちゃんが駆けてくる。

「待ってー」というフーちゃんの声が聞こえたのか、ゼロは向こうでUターンして帰ってくる。それをぼくは捕まえようとするけど、ゼロは簡単にすり抜けてしまう。

「なんやねん」ぼくは怒るけど、ゼロは言うことを聞いてくれない。でも父さんが口笛を吹くと、ちゃんと戻ってくるからえらいもんや。

「フーちゃん、腹立つわ～」

　弟もゼロにご立腹やん。

「そらしゃーないわ、犬も人を見るから」と父さんが言うと、フーちゃんは怒ってゼロにアッカンベーをする。

「ははは、なにそれ」ぼくは笑う。

　ぼくらは田んぼの脇を通って、水路とかあるあたりを跳ねながら歩く。

「カエルいるかな？」フーちゃんがしゃがみこむ。ゼロはゼロで、小便をしたりフンしたりする場所を探してる。今は父さんがヒモを持ってるから、走っていくこともない。細いあぜ道を通っていると、向かいから自転車が来たり、少年たちが歩いてきたりする。みんなのんびりしたもんや。しばらく行くと、向こうに緑地公園が見えてくる。

「ねー、なにか食べる？」とぼくが聞くと、父さんは首を振る。

「お金持ってない」という答え。いつもそうやねん、なんでお金持ってこーへんの。と聞きたいけど、しゃあない。ぼくらはあぜ道から、道路に出て横断歩道を渡る。

「公園、ひさしぶりっ」フーちゃんのテンションも上がる。ぼくは先週も来たけど、フーちゃんはナッちゃんと遊んでたから来んかってん。

父さんが「散歩行くけど、来るか？」って毎度のことながら聞くんやけど、ニーちゃんはすでに遊びに行っていないし、ナッちゃんも誰かと遊んでることが多い。ぼくは父さんとゼロの散歩に行くのが好きやから、だいたい毎回行くねん。

「あっちから回って帰ろうか？」と父さんは言う。

緑地公園は日曜日やから人が多い。ぼくらは高い木々が茂ってるあたりを通り、噴水がある広場へ出る。

「わー、ローラースケートやってる」とフーちゃんが言うように、みんなそれぞれの遊びに夢中になってる。フリスビーやったり、キャッチボールしたり。ただ単にベンチに座っている人もいる。ぼくらはそこを通りすぎる。ゼロは好奇心旺盛にくんくんと鼻をならしながら歩いては、小便で自分の陣地を作ってる。

「なー、フーちゃん、お腹すいた」とフーちゃんが言うから、父さんは困った顔をする。そらそうや、お金ないんやもん。

「だからお金持ってきたらよかってん」そうぼくは言うけど、父さんは首を振るばかり。

「じゃ、帰ろ」

父さんがさっさと歩くので、ぼくもフーちゃんも少し恨めしい気持ちになる。もっとここにいたいし、ここで遊びたいし、お店でアイスクリームとか買ってほしい、とは思うけど、父さんがスタコラサッサと歩いていくもんやから、しゃあない。ぼくらは行きしなの勢いはどこかに消えて、父さんの後ろをついていく。ゼロも最初ほどのスピードも、ヒモを引っ張ることもない。散歩に満足したのか後ろを振り向きながら、ぼくらがいるのを確認してゆっくりと歩いてくれる。

「どうやった？」

家に帰ると母さんが聞く。

「うん、よかったで」と多少元気なくぼくは答える。

「お腹すいた」フーちゃんは疲れたように言う。

「じゃあ、ご飯食べに行くか？」

父さんが言うと、ぼくらのテンションは一気に上がる。

「やったー！」と大声で家中を走り回る。

「そしたらナッちゃんとニーちゃんを呼んできて」と母さんが言う。

「ナッちゃん！　ニーちゃん！」

ぼくとフーちゃんは二人の部屋に呼びに行く。ナッちゃんは部屋でインコにエサをやってた。

「ご飯行くんやろ」

ナッちゃんはすでに知ってるよ、とばかりに笑う。

「うん！」とフーちゃんが勢いよく答える。

「ニーちゃんは？」ぼくが聞くと、ナッちゃんは頭を振り、「たぶん、公園ちゃう？」と家の前にある児童公園を指差すので、ぼくとフーちゃんはそろって外に出て、日が暮れかけてる公園に行く。

「ニーちゃん」と叫ぶけど、誰もおらへん。

「どこ行ったんやろ？」そうぼくが言うと、フーちゃんも困ったような顔になる。

「ニーちゃんおらんかったら、ご飯行けへんの？　それか置いていく？」とか子どもらしい残酷なことを言ってる。

「アホか、ニーちゃんほっといてご飯食べにいけるわけないやん。探そう」

「ニーちゃん！」

フーちゃんも頑張って声を出すけど、ニーちゃんはどこにもいない。

「おかしいな」

ぼくらが公園を探していると、家のほうからニーちゃんの声が聞こえてきた。

「あれ、ニーちゃん？」

ぼくとフーちゃんは顔を見合わせる。

「アーちゃん、フーちゃん、ご飯行くで」と家から叫んでいるニーちゃんの姿が見えた。

「なんや帰ってたんや」ぼくは笑いながら走り出す。

「やったー、これでご飯行ける！」とフーちゃんも走ってついてくる。

ぼくらが家に戻ると、すでに車のエンジンがブルルンとかかってた。あとはぼくらが乗るだけやん。

「どこ行ってたん」となぜかぼくらが少し怒られる。だってニーちゃん探しに行っててん、とぼくが説明すると、みんな笑い出す。

「ニーちゃん部屋で寝ててんて」とナッちゃんが教えてくれる。

「なんや、そうなん？」とフーちゃんが言うと、ニーちゃんが頭をかく。

「ごめんごめん」そう言いながら、ニーちゃんのお腹がグーっと鳴る。そこでみんなまた笑う。全員が乗るとさすがに車は満員状態で、警察とかには見つからないように一番小さいフーちゃんが後ろで頭を引っ込めたりする。ゼロにはドッグフードをあげたから大丈夫やんな。

「ねーどこ行くん?」と聞くと、母さんが「王将」と答える。すると王将が好きなニーちゃんが「ヤッタ!」と声を上げる。

「ぼくはそれほど王将好きってわけちゃうけど」と、ぼく。だってあそこは子どもにはボリュームがありすぎるねん。

「でも餃子は好きやんな?」とニーちゃんが聞く。

「うん。でもあそこのラーメンは好きちゃう」とぼくは答える。

「あんたは、インスタントラーメンのほうが好きやもんな」と母さんが言うと、みんなまた笑う。ぼくはなんでみんな笑ってるのかわからへんけど、実際「サッポロ一番」のほうが絶対においしいとぼくは思ってる。だって王将のラーメンはでかすぎるもん。ぼくがそう言うと、ナッちゃんが「それさっき聞いた」と言って、またみんな笑う。そんなのを繰り返してるうちに、王将の大きなレストランに到着する。日曜日の夜やから、待ちがあるので母さんが名前を書いて待つ。しばらくすると「桐谷さん」と呼ばれて、ぼくらは奥のファミリー座敷に通される。ニーちゃんはさっそく餃子を頼んで、ぼくとフーちゃんはなぜか母さんに勝手にラーメンを注文されそうになる。

「あんたら、食べたいもんあるん?」一応母さんが聞くけど、確かにメニュー見てもいまいちわからへん。なんか野菜と肉の炒め物ばかりで。

「天津飯食べたい」と生意気にフーちゃん。あれ、フーちゃんが違うもん頼むんやったら、ぼくも。と考えるけど、やっぱりなにも食べたいもんが出てこない。ナッちゃんは海老のなにかを注文してるし。餃子は食べるにしても、他に？

「麻婆豆腐は？」と父さんが聞くけど、たぶんそれって安いから言うてるんやんな。

「もうええやん、ラーメンにしとき」と母さんが無理やりラーメンを注文したから、ぼくはちょっと腹を立てる。でも怒っててもお腹はすいてるし、すぐに注文がやってくるのでズルズルとラーメンを食べる。

「もうお腹いっぱい」半分くらい食べて、やっぱりすぐに飽きてしまう。だってボリュームが……。

「じゃあこっちの食べるか？」と父さんが餃子を差し出してくれた。

「うん」ほとんどニーちゃんによって食べられてしまった餃子の残りを食べた。やっぱり餃子はおいしい。さすが王将や。周りは家族連れとかみんなワイワイ喋ってる。ぼくも自分の家族と一緒に日曜日の夜を、お腹いっぱい堪能してる。あとは帰ったらもう一度ゼロの頭をなでてやるだけやん。

アレルギー

ぼくはよく押入れで遊んだりした。押入れは秘密の入り口で、魔法の国につながってる……なんてことは言わへんけど、それでもいい隠れ場所なことには変わりない。

「アーちゃんどこいったん？」

弟のフーちゃんが押入れの前あたりで声を出す。フフ、ぼくがここにいるんは誰にも分からんはずや。狭い押入れには掃除機に米マシーン（お米をいれてる箱）や、あとごちゃごちゃとややこしそうなもんが入ってる。

「どこなーん？」とフーちゃんの声は小さくなっていく。よっしゃ、とぼくは押入れの戸の隙間からのぞく。外の世界は明るすぎて、ぼくはすぐに戸を閉めてしまう。なんかこの狭くて暗い空間が心地いい。家はニュータウンの一戸建てやのに、こんな狭い場所が好きなんてアホみたいやな。ぼくはなんかおかしくてつい笑ってしまう。

「あれ、アーちゃんそこにいるん？」押入れの前でフーちゃんが言う。ぼくは黙ってたけど、戸がとうとう開く。

「フーちゃん」ぼくは観念して外に出た。

「なんや。アーちゃんそんなとこに隠れてたんや」

「うん、ヒミツの基地や」とぼくが少し自慢げに言うと、フーちゃんはうなずいた。

「フーちゃんも入りたい！」

え？　とぼくは思う。正直言うと、嫌や。だってここはぼくだけの押入れやもん。誰にも入ってほしくない。

「しゃあないな」

それでもぼくは戸を開ける。だって見つかったもんはしゃあない。ここで拒んだらフーちゃん騒ぐからな。ほんならまたケンカになって、母さんに言いつけられて。そんなのの繰り返しやん。

「やったー」と言いながらフーちゃんは押入れの中に入っていく。弟はぼくより二コ小さい分、さらに奥へと入っていく。

「えらく中まで入るな。閉めるで」とぼくは言いながら戸を閉める。これで中は真っ暗。

「いやや、怖い。アーちゃん開けてー」

すぐさま叫び声が聞こえてくる。ほらな、思ったとおりや。

「だから、この基地は、大人にならな、入られへんねん」とぼくは言いながら、フーちゃんの手を引っ張る。

「真っ暗やから……」フーちゃんは少しションボリして出てきた。

「そしたらもう一つの押入れ行く？」

フーちゃんはあまり乗り気ちゃうみたいやけど、そうなってくると余計に連れて行きたくなるから不思議や。

「こっちやで」とぼくは布団とかが入っているふすまのところに行く。

「えー、布団入ってるやん」フーちゃんはぶつぶつ言ってる。

「そんなら別にええけど」そう言いながらぼくは中に入る。布団の上にバタンと倒れこんで、中に埋もれるとめちゃくちゃ気持ちえー。

「ぼくもやりたい！」それを見たフーちゃんが叫ぶ。

「なんやねん。閉めて」

ぼくは命令する。フーちゃんは言われたとおりに閉める。すると中はまた真っ暗になる。でもさっきと違って布団があるから、余計に落ち着く。なによりも匂いがえーねん、この匂い。ぼくは息を吸い込む。

「ハクション」突然ぼくはクシャミをする。するとフーちゃんがふすまを開く。

「大丈夫？」

そう弟に言われても、ぼくのクシャミは止まらない。外に出ながら、ぼくはクシャミを連発する。

「あー、もうあかん。クション！」ぼくは畳の上に寝転がる。目からは涙が出てくるし、鼻水も出てくるし。

「アーちゃん、はい」

フーちゃんはチリ紙を持ってきてくれる。

「ありがとう。クション！」ぼくのクシャミはまだ止まらへん。あーもう嫌や。と思っていると、向こうからそれを聞きつけて母さんがやってきた。

「なんや、大丈夫か？」

そう、ぼくは元々アレルギー体質で、卵とかも食べれへんし、一番の天敵がホコリやねん。

「うん、なんかクシャミ止まらへん。ックション！」と言いながらもまたクシャミが出る。

「その押入れに入ったら、クシャミしだしてん」とフーちゃんが余計なことを言いつける。ほんまアホや。

「あかんやろ、その中はホコリとかダニとかもいるんやから」

母さんはぼくの背中をさすってくれる。そのうちフーちゃんまで一緒になって背中をさする。

「うん」ぼくは言葉少なくうなずくだけ。しばらくして、ようやくクシャミが止まった。

「ちょっと外の空気吸いなさい」と母さんに言われて、庭のベランダのあたりに腰をかける。

「はぁ、やっと落ち着いた」

フーちゃんはアホみたいに庭を走り回ってる。

「じゃあ、母さんは夕飯の仕度してるから」と、母さんは台所に行ってしまう。

「なぁ」

「どうしたん」母さんが振り向く。なんとなくぼくは心細い。

「ご飯なに？」ぼくが言うと、母さんは笑って「すき焼き」と答えたので、ぼくは飛び上がる。

「やったぁ！　そしたらあとで買い物行くん？」

その通りで、あとで肉を買いに行くらしい。

ぼくは母さんについて、フーちゃんと一緒にスーパーに行った。一番近くにあるスーパーや。真っ先にお菓子コーナーに行く。横から二列目、あれ？

「おかしいな、お菓子ここちゃうん？」ぼくがつぶやいてると、横の列から声がする。

「アーちゃん、こっち！」声のする列に行くと、フーちゃんはビックリマンチョコとかチョコボールを見てる。

「なんや、こっちに移動したんか」ぼくはそう言いながら、ビックリマンチョコを見る。

「フーちゃんこれがいい！」と弟が手に取ったのは、大きなポテチ（ポテトチップス）の袋やった。

「アホちゃう？　そんなデカイのあかんに決まってるやん」

ぼくは言って、車のオマケがついたお菓子を手に取る。

「じゃあフーちゃんもそれにする」

すぐ真似する、別にええけど。

「じゃあ行こう」とぼくは弟と一緒にレジに並んでる母さんのところに行く。

「あんたら、一つだけやで」と母さんは念を押す。

「わかってるって」とぼくは答えるけど、フーちゃんは首をかしげてる。

「ナッちゃんとかニーちゃんの分は？」とフーちゃんは聞く。

「じゃあなんかみんなで食べられるもの取ってきなさい」

ぼくらはもう一度お菓子コーナーに戻って、いろいろ見てみる。

「みんなの選ぶのってなんかムズいな」とぼくが言うと、フーちゃんはさっきのポテチをまた手に取った。こりんやっちゃな。

「これは?」とか言ってるけど、それ自分が食べたいだけちゃうん。

「ええけど、ニーちゃんなんて言うかな?」と、ぼくは一番の権力者のご機嫌を考える。

「ニーちゃんポテチ好きって言ってたで、昨日」

フーちゃんはなにも考えてないのか、抜かりないのか知らんけどそう言った。

「じゃ、ええんちゃう」

ぼくらはもう一度レジに戻ると、ちょうど母さんは会計をしてるとこやった。

「お母さん、これも」とポテチをようやく手渡して、なんとかそれも買ってもらう。

「うどんは?」とぼくが確認すると、母さんは「五玉も買った」と答えて、ぼくはホッとした。すき焼きには絶対うどんがいるから。ぼくらは家に帰ると、さっそくお菓子のオマケを出して遊ぶ。ニーちゃんがそれを見てる。

「ポテチ買ってきたで」とぼくが言うと、ニーちゃんは「ふーん」という答え。なんや、フーちゃんの情報間違ってるんちゃうん。そのときはそう思ったけど、実はニーちゃんは「すき焼き」があるから我慢してただけみたい。

「おいしい」と言いながら、みんなですき焼きを食べる。大阪風にちゃんとうどんも入ってる。

「もっとうどん入れて」とぼくは叫ぶ。よかった、いっぱい買っててもらって。

「卵は？」とナッちゃんが聞く。ナッちゃんはいつも卵を入れて食べるのが好きやねん。母さんに渡されて、それを割って鍋の中に入れた。

「ぼくんところにも少し入れて」とあとで言ったら、「ほんまに？」って聞かれた。ほんで母さんが「あんた自分がアレルギーってわかってるん？」とか言ってきて、さっきの押入れの話を父さんとかみんなにした。

「きぃつけや」とニーちゃんにも注意された。ニーちゃんも少しアレルギーがあるから。健康な人にはわからんことってある。ぼくはほんとは卵を食べたかったけど、すき焼きは肉がメインやからそっちは我慢した。別に卵がなくてもええねん。押入れも当分は入るのやめにしとこ。きっと他にもおもろいことあるかもしれん。横ではナッちゃんやフーちゃんが容赦なく卵を食べるのを見ながら、ぼくはうどんと肉に箸をつけた。ほんで明日はあのポテチをニーちゃんとかみんなで食べよう。

クリスマス

やったー、クリスマスがやってきた。この時期はぼくの誕生日もあるし、ニーちゃんの誕生日もあってケーキ食べまくりやしうれしい。といっても、だいたいはぼくのとニーちゃんのは一緒にされちゃうねんけど。

「生クリームはいややで」とぼくが言うと、母さんはうなずく。

「チョコレートがいいんやろ?」

そうそう、ぼくはアレルギーのせいか卵をたくさん使った料理が苦手やねん。プリンとか茶わん蒸しとか。それに一年のうち何回か来るみんなの誕生日は生クリーム使ったケーキやし、ぼくのとき(とニーちゃんの)くらいはチョコレートケーキでもええやん。

「でもクリスマスは普通のがいいわ」と横からナッちゃんが言う。ナッちゃんは食べ物に関してうるさいから、口を出してくる。

「チョコレートだって普通やで」とぼくが言うと、ナッちゃんは首をかしげる。

「ねぇ母さん、クリスマスにチョコレートケーキって普通ちゃうやんな?」

そう冷静に言われると、確かにケーキ屋さんでも白いケーキがクリスマスケーキの気がしてくる。

「なぁ、フーちゃんはどっちがええん？」ぼくは横にいた弟に助けを求める。

「フーちゃんは、どっちでもええよ」

優しいのか意見がないのか知らんけど、弟はあいまいなことを言う。

「普通のがええやんな？」とまたナッちゃん。

「だからチョコだって普通やって！」ぼくは腹が立ってくる。

「ほらもう怒りなさんな。短気やな。せっかくのクリスマスイヴやのに」と母さんがいさめる。そう、今日はイヴやから靴下を用意して、枕元に置いておくねん。

「母さん、靴下は？　いつものでっかいやつ」とぼくは気分が変わって言う。

「あるで。みんなの分もな」

母さんは兄弟分の靴下を用意してくれる。黄色や赤色のでっかい靴下。これやったらいっぱいサンタさんにもらえるはず。

「フーちゃん、おもちゃがいい。絶対おもちゃ」フーちゃんが騒ぎ出す。

「じゃあサンタさんにお願いしなさい。いい子にしてないと、もらえへんよ」と母さん。

フーちゃんは素直に言うことを聞く。このへんがまだ子どもやわ。

「じゃあ、ケーキは普通のね」と言い放って、ナッちゃんはどこかに消えていった。

なんやねん、とぼくは思うけどよく考えたらこの間の誕生日のときにチョコレートケーキは食べたわけやから、しゃあないか。

「なぁ母さん。今日はクリスマスのチキンやんな?」とぼくは期待して晩ご飯のことを聞く。

「そうやよ」と母さんは答える。

「やったー、チキンや。クリスマスのチキンや」と叫びながらぼくは家中を走り回って、思わず居間にあるクリスマスツリーを蹴飛ばしてしまいそうになる。

「危ないで、アーちゃん」

しっかりとツリーを支えながらフーちゃんが言う。このツリーも、ぼくとフーちゃんとナッちゃんとで飾りつけしてん。ニーちゃん? ニーちゃんはもう中学生やし、そういう子どもっぽいのはせーへんのちゃうかな。クリスマスツリーが子どもっぽいかどうかはわからへんけど。

「フーちゃん、あのチョコカレンダー開けたい」とフーちゃんが言い出した。チョコカレンダーっていうのは、アメリカにいる従兄弟が送ってくれたクリスマスお菓子の入ったカレンダーやねん。それで十二月は毎日、カレンダーの日付部分を開けると、そこに違うチョコレートが入ってるってわけ。

「今日はどんなんやろ」とぼくは言い、フーちゃんがカレンダーを開ける。もうイヴやから残りは明日の分だけや。

「わー、見てこれ」フーちゃんが開けると、そこにはいつもより豪華なクリスマスツリーのチョコがあった。

「ほんまや。すごいな」ぼくもそれに見とれてしまう。そしてそれを手に取ろうとすると、フーちゃんが声を上げる。

「フーちゃんのやで！」

　そんなのにかまわず、ぼくはそのツリーチョコを手に取る。

「おいしそう」そうぼくが言ったもんやから、フーちゃんは半狂乱状態になる。

「それフーちゃんのやのに！　フーちゃんが開けてんで！　アーちゃん食べたらあかんで」

　ぼくはさすがに口に放り込むことまではしなかった。別にそこまで食べたいってわけちゃうし。ツリーチョコをフーちゃんに渡すと、ようやくフーちゃんは落ち着いた。

「なんなん。それ一人で食べるん？」とぼくが聞いてみると、フーちゃんはぼくをじっと見てチョコを半分に割った。そしてその半分をぼくに渡してよこす。それでこそ弟や。

「ナッちゃんはえーやんな？」とフーちゃんは姉のことも気にしてる。でもぼくは関係なくそのツリーチョコを口の中に放り込んだ。フーちゃんはそれをじっと見てる。

「うん、おいしい」ぼくが感想を言うと、そのチョコを見てフーちゃんも口の中に放り込んだ。

「おいしい！」フーちゃんも笑顔になる。そこへナッちゃんがやってきた。

「え、あんたら、今日の分食べたん？」と聞かれて、ぼくらはすぐさま逃げる。ナッちゃんの叫び声が後ろから聞こえてくるけど、知ったこっちゃない。それに明日のクリスマス分もあるんやから、ナッちゃんとニーちゃんはそれ食べたらえーやん。

と、そんなことしてるうちに、外では雪が降ってきた。

「わー、雪やで」とフーちゃんの声。うん、雪やホワイトクリスマスや。ナッちゃんも、ニーちゃんも廊下のところにやってきて、クリスマスイヴに降る雪を見てる。テレビではサンタさんの物語アニメが流れてて、気分はすっかりクリスマス。そのうち母さんの「ご飯できたで」という呼び声が聞こえてくる。父さんも帰ってきて、ぼくらはテーブルに集まってクリスマスのチキン、スープ、そしてサラダを食べ始める。

「めっちゃうまい」とニーちゃんが言う。

「あたし、この皮の部分いらん」とナッちゃん。ナッちゃんはあまりチキンが好きじゃないみたい。みんなそれぞれ好き嫌いがあるからしゃあないけど、こんなおいしいのに不思議やわ。

「ほら、あんたらゆっくり食べなさい」と母さんが言う。父さんはビールを飲みながら笑ってる。ぼくらは勢いよくご飯を平らげる。

「ケーキは？　ケーキ！」と大合唱があっという間に始まる。結局ケーキは、母さんとナッちゃんとで買いにいった「普通」のクリスマスケーキや。ぼくはそれほど乗り気ちゃうけど、それでもみんなで食べるクリスマスケーキは好きや。楽しいし、わいわいとしててうれしくなってくる。大騒ぎして食べたあとに、ぼくらはお風呂に入ってパジャマに着替える。それからまたクリスマスのテレビとかを見て、寝床にはさっきの大きな靴下をちゃんと用意する。

「なにもらえるかな？」とぼくは言いながら、枕の位置を整える。

「絶対におもちゃ」と横ではフーちゃんがまだ言ってる。下の階ではニーちゃんたちの声が聞こえてる。

「じゃあおやすみ」という母さんの声で部屋は暗くなり、ぼくらはいつの間にか眠ってしまった。そして、ぼくは朝方ふと目を覚ます。すると寝ぼけ眼に、透明のサンタクロースがいるのが見える。透明やのに見えるはずないんやけど、輪郭だけはボンヤリと見えるねん。あ、サンタさんや。とぼくは内心思う。だけどバレたらプレゼントをもらえへんから、ぼくは気づいてないフリをする。薄目を開けると、やはり透明のサンタさんが動いている。（わーすごい、サンタさんや）と思ってると、ぼくはまたいつの間にか眠ってしまった。

「おはよう」という母さんの声で目が覚める。ぼくはすぐに靴下をチェックする。するとそこにはプレゼントがいろいろ入ってる。お菓子とかおもちゃとか。

「あ、しまった」とぼくは声をあげる。すると横のフーちゃんも目を覚ます。

「どうしたん？」

「サンタさんに手紙書くの忘れてた。さっきサンタさん見てん」とフーちゃんにだけはそのことを教える。

「えー、どんなんやった？」とフーちゃんは言う。

「透明のやつ」とぼくが説明すると、フーちゃんはふーんと言って自分の靴下を見た。

「やった、あのおもちゃある！」と自分の欲しかったものを手に入れてフーちゃんも大喜びや。

「ほら、あんたら外見てみなさい」という母さんの声で、ぼくらは走って下の階へと行く。窓から見える庭は雪で真っ白になってる。ぼくらはみんなはしゃぎまわって、着替えてすぐに雪の中に入った。雪合戦をしたり雪だるまを作ったり。それをゼロが眺めてる。なんて素晴らしいクリスマスなんやろう。きっとこれもすべてあの透明のサンタさんのおかげや。ありがとう、サンタさん。このことはフーちゃん以外には誰にも言わないから、また来年も来てほしいわ。メリークリスマス、サンタクロース。

スイミング

「ミスタードーナツ」のお店があって、ぼくはそこに入りたいけど入れなかった。だって母さんが「あかん」って言うんやからしゃあない。でも、もしスイミング教室に入ったら帰りに寄ってもえーで、と言われてぼくはスイミングに行き始めた。もっと小さい頃、幼稚園の年中のときのことや。

「ほんまにドーナツ、買ってくれるん?」とぼくは念を押した。

「買ってあげる。好きなん食べ」と母さんに言われて、ぼくはスイミング教室に行った。スイミング教室は千里中央にあって、ちょっとしたショッピングセンターというかそういう場所の二階にあった。周りにはミスタードーナツだけじゃなくて、ゲームコーナーや遊び場、レストランとかおもちゃ屋さん、本屋さんや雑貨屋さんがあって夢のような場所やった。幼いフーちゃんを連れて、ぼくと母さんはスイミング教室までやってくる。ぼくもこの場所には来たことがあった。だってナッちゃんもニーちゃんもここのスイミングに通ってるんやから。

「ナッちゃんはどこ?」とぼくが聞くと、母さんは手続きをしながら適当に返事した。ぼくもわりとテキトーなほうやけど、母さんも実はかなりテキトーな性格みたい。

「フーちゃんトイレ」とか三歳くらいのフーちゃんが言う。ぼくが母さんの袖を引っ張って、ようやくそれに気づいてくれてフーちゃんとぼくと母さんでスイミング教室のトイレに行った。だけどそれは更衣室のすぐそばにあって、温室プールやからモワっとした空気。ぼくはなんか緊張してきて、スイミングが怖くなる。奥では知らない子たちが着替えてて、水着だけでプールのほうへ走っていく。

「ねー、母さん。ぼく、やっぱり……」と言いかけても、母さんはフーちゃんのおしっこに付き合ってるから聞いてない。

「なー母さん。ぼく、いやや」とようやく言えた頃には、母さんは鬼のようになってて、「約束したでしょ！」と迫ってきた。

「だって、さっきは……」でも、もうなにも言葉は出てこない。それで仕方なく着替えさせられてスイミングパンツをはいて、一人で体操の場所まで行った。途中でプールの横を通っていくねんけど、そこでは小学生のお兄ちゃんやお姉ちゃんがズバズバと泳いでる。ぼくはハーッと思いながらそれを見た。

　プール独特の響く音がぼくをさらに緊張させるし、温水プールの匂いとか先生の「ヨシ！　ＯＫ！」とかいう声がなんか怖い。歩きながらも必死で、ガラス張りの待合室にいる母さんを探した。でも母さんの姿を見つけることができなくて、ぼくはほとんど泣きそうになった。ようやく体操する場所について、他の子たちと一緒に待った。ガラス張りの教室は裸でも暖かいねんけど。どこにいたらえーのかわからなくて、いよいよぼくは泣いてしまった。

「帰りたいよー」とぼくは泣き叫ぶ。まわりには知らない子たちが集まってくるけど、誰も助けてくれない。泣いていると、先生がやってきて「あーだこーだ」言うねんけど、耳に入ってこーへん。

「なんなん。母さん、どこなん？」ぼくはシクシクと泣いている。先生がなぐさめてくれて、少し泣き止む。すると別の場所で泣き声が上がる。他の誰かさんも泣いてるみたいや。その子を見ると、ぼくはまた悲しくなってきて泣き始める。ほら、ぼくも幼かったから、知らない場所にいきなり連れてこられても。みんなは体操を始めていく。それでぼくは本気で帰ろうとするけど、どーしたらえーのかわからへん。

　結局、まわりにあわせて手を振ったり、体を動かしているうちに少しづつ泣き止んだ。

「はーい、九級の人ー！」とか先生が言って、それぞれ自分の列に入っていく。ぼくはどこに行けばいいのかわからへんから、テキトーにおどおどしながら列に並んだ。そのあとのことはほとんど覚えてないねんけど。気がつくと、ぼくはプールに投げ込まれていた。

「あー！」と叫びながら、ぼくはブクブクブクブクと沈む。

「あ、あ、あ」と息をしようとするけど、とてもじゃないけどでけへん。

「たすけて、たすけて」とまたもや泣きながら、手足をバタバタさせるけど、もちろんそれはなんの役にも立たへん。沈んでいく。気づくと、ぼくはプールサイドに寝転んでた。完全に泣き崩れながら、男の先生がぼくの背中をなでる。

「なんやきみ、うちのクラスちゃうやん」

ヒックヒックとなりながら、女の先生に連れられてぼくはようやく自分のクラスに連れて行かれた。そこはさっきのクラスとは大違いで、ちゃんと足もつくしみんな浮き輪をしてるし、プールサイドでバタバタと水遊びなんてしてる。

「なんやねん」と、ぼくはもう目を腫らしながらも、水に足をつける。

「こわいー！」とか叫ぶけど、今度は女の先生が（さっきの鬼みたいな男の先生とちがって）優しく手をとってくれる。

「なんや、最初からこれやったら」とか幼いぼくは思った。向こうのガラスの待合室を見たら、母さんとフーちゃんの姿もすぐそこにある。思わず手を振ると、母さんが手を振ってくれた。それからは終始穏やかに、ヘルパー（浮き輪）をつけてプカプカ浮いて楽しく水と遊ぶ。

「じゃあ、また次回も会いましょうね。きみは次はここのクラスやから、間違えんようにね」と女の先生は言ってくれた。ぼくも無言でうなずいて、その温水プールをあとにした。更衣室では大きいお兄ちゃんたちの間で着替える。なにか独特の匂いが、ぼくの鼻から入ってくる。ぬれた髪をバスタオルでふいて、パンツ、ズボン、シャツと一つ一つ着ていく。それで濡れたスイミングパンツを絞ってバッグに入れる。周りの子たちを見てると、なんかサウナみたいなところに入ったりしてる。だけどぼくはそんな中に入ることできへんから、遠目にそれを見てパッと駆けていく。長い廊下を抜けると、ようやく最初の案内所。そこに母さんと小さいフーちゃんが立っていた。ぼくは元気よく走って、母さんの足元についた。

「あんた、クラス間違ったん？」と母さんに聞かれて、ぼくは唇をかみながらうなずく。

「びっくりした」

するると、母さんは笑って、

「ドーナツ食べに行く？」と聞いてくれた。ぼくはゆっくりうなずいた。そのあとは念願のドーナツ（たしかフレンチクルーラー）を食べた。家に帰ったら、ナッちゃんやニーちゃんが、「プールどうやった？」とか聞いてきてくれたけど、違うクラスに行っておぼれかけたって言うのは嫌やった。でも母さんが発表してしまう。

「えー‼」ってみんな驚いてたけど、ニーちゃんもナッちゃんも「最初は怖いけど、慣れたら大丈夫やよ」って言ってくれた。

「そうか、そら大変やったな」と、父さんにも母さんが報告したみたいで、ベッドのところで言ってくれた。ぼくはコクコクとうなずきながら、ほんまに死にそうやったなと思いながらプールの夢を見た。

そこではぼくはお魚さんみたいにスイスイ泳いでいた。温かい水の中を、いともたやすく泳いでるねん。まるで人魚みたいに。

「おーい」って誰かが叫ぶから、そっちへ泳いでいく。するとそこには知らん人たちがいて、みんなバシャバシャとバタ足をしてる。ぼくはもう完璧にバタ足くらいはできるようになってるから、スイスイーって泳いでいく。


小学四年生になったぼくは、とても速いこと泳げる。隣のレーンにはバタフライをしてる上級者もいるけど、ぼくだって背泳ぎやクロールくらいはめちゃ速いで。

「よし、つぎ！」という先生の声が、スイミングプールに響く。もう大きくなってて、昔おぼれたような場所でもぼくは魚のように泳いでいくことができる。ヘルパーだってビート板だっていらん。ぼくはぼくの手足をまるでカエルのように動かして、自由自在に泳ぐことができるねん。それにこのスイミング教室だって、週に二回も一人で通ってる。たまにフーちゃんも一緒の曜日になるけど、基本は電車に乗って千里中央まで一人で通ってるねん。昔みたいに泣いたり、迷ったり恐怖や不安におびえたりする必要もない。ここはぼくの遊び場所みたいなもんで、なじみの本屋に立ち寄って、コロコロコミックを読んだりして帰るねん。え？　ミスタードーナツ？　あれはさすがに毎回は食べられへん。だけど級が上がったときとかは、母さんが「食べていいよ」って言ってお金をくれる。そう、級が上がるときが一番うれしいねん。一応テストがあって、先生が「何々くん」とかいうふうに名前を呼んでくれる。それで認定証をもらったりするから、すごく誇らしい。ぼくはスイミングの大会とかにも出場するようになってて、クロールで一位になった。別に大きな大会とかちゃうで。でもそれもすごくうれしくて、さらに表彰式とかあって金メダルまでもらえたから、ほんまに鼻が高かった。

「すごいやん」ってニーちゃんもナッちゃんも喜んでくれた。母さんもほめてくれて、そんときはミスタードーナツだけちがって、新しいおもちゃまで買ってえーよ、ってことになってめちゃラッキーやった。

ただフーちゃんも同じ大会に出てて、弟は銅メダルやった。だからちょっとかわいそうやった。フーちゃんは少し沈んでたけど、ぼくの金メダルを見ると、「すごいなー、アーちゃん」って言ってくれた。ぼくはフーちゃんの首にそのメダルをかけてあげる。フーちゃんは喜んで、「これもらっていい？」とか聞いてくるから、すぐさまとり返した。

母さんはフーちゃんにもおもちゃを買っていいよって言ったけど、ぼくのとは値段に差をつけてくれたのでホっとした。そらそうやん。同じ値段やったら、金メダルの価値がなくなるわ。ま、おもちゃのために金メダルを取ったわけちゃうけど、それでもドーナツやおもちゃは最高やん。

ぼくの心にはいつもその金メダルがある。だから、どんなことがあっても、この先負けへん気がする。ちゃうで、実際には負けることもあるけど、ぼくの心の中では常にこの金メダルが誇り高く輝いてるねん。だからちょっとやそっとのことじゃ、自分が負けた気がしないってこと。最初はあれくらい泣いてたんやから、ここまで泳げるようになるってすごいやん。

今ではあのロッカールームの匂いもプールの香りも、先生の声も全然怖くない。っていうか、居心地がいい第二の故郷みたいな場所。教室が終わったら、ぼくはいの一番にサウナに入って、みんなとワイワイ喋るねん。それで髪の毛はテキトーにふいて、走って電車に乗り込むねん。電車から見える風景は同じやけど、ぼくの心はいつもスイミングのあとで爽快やねん。

熱帯魚

　ぼくの家には熱帯魚がいるってこと、言ったっけ？　そう、うちには昔から玄関に大きな水槽があって、その中ではエンゼルフィッシュとかが泳いでる。でも、この水槽がすぐに汚くなるねん。ほら、魚もフンとかするから、それで水槽が汚れるねん。水も濁ってくるから、一か月に何回か掃除せんとあかん。でも水槽の掃除は水を入れ替えたり、魚を別のバケツとかに移さんとあかんから結構大変。だから父さんがいる日曜日にやることになってる。

「なー、水換えるん？」とぼくが聞くと、父さんはうなずいて作業しにかかる。

「手伝うー手伝うー」とフーちゃんも横でウロウロしてる。

「じゃあ、アーちゃんとフーちゃんは魚をすくって」

　父さんに言われて、ぼくらは魚を救出する。きったない水の中で、あっぷあっぷになってる魚たちはすごい勢いで逃げ回る。

「ちょっとフーちゃん邪魔せんとって」ぼくはフーちゃんのことを押す。フーちゃんも押し返してくる。

「いやや」とか言いながら。ぼくの腕をつねる。するとぼくはすごく腹がたって、立ち上がる。

「なにすんねん！」フーちゃんのことを押し倒す。そしたらフーちゃんはすぐに泣き出した。なんやねん、泣くんやったら最初からしてくんなってぼくは思う。

「おまえら、なにしてんねん」と父さん。

「なにって……」ぼくがたじろいでると、フーちゃんが声を上げる。

「アーちゃんが、ぼくにやらせてくれへん」

父さんの足に抱きつきながらそう言うフーちゃんのことを、もっとひどい目にあわせたいと思った。

「そっちがわるいんやろ、邪魔するからやん」ぼくは自分の主張を繰り返す。

「わかったわかった」

父さんはほとんどぼくらのことを相手にしてへん。それで、自分で熱帯魚をすくってバケツに入れる。ぼくらは父さんがそうやって一匹一匹すくうのをじっと見てる。ぼくらのときと違って、父さんはそっと水の中に手を突っ込むので魚も逃げたりせーへん。

「なんや、そうやってやればよかったんや」そうぼくが言うと、横でフーちゃんもうなずいている。

「ゆっくりすくえばえーんや」

父さんがやるのを見てると、職人さんみたいや。魚がピチピチ跳ねながらもバケツに移されてゆく。すべての魚をすくったところで、ニーちゃんがやってくる。

「あれ、水入れ換えてんの？」そう聞くニーちゃんに対して、ぼくらは首を縦に振る。

「ほんならおれも手伝う」と言って、ホースを引っ張ってくる。

「じゃあこっちの水槽洗ってくれ」と父さん。ニーちゃんは水を出す。パーッと水が出るので、ぼくとフーちゃんは大騒ぎ。

「わー、すごい」とか飛び散る水しぶきを浴びて声を上げる。

「アーちゃんとフーちゃん、あぶないで」とニーちゃんは言って、わざとぼくらに水をかけたりする。

「やめて」と逃げ回りながら、ぼくもフーちゃんもなんか楽しい。するとフーちゃんが魚の入った水にぶつかった。

「危ない」とぼくが言って、横にいた父さんがバケツを持ったおかげで、なんとかバケツは倒れずにすんだ。

「危ないとこや、もしバケツ倒れたら魚全滅やで」とニーちゃんもホッとした顔で言った。

「全滅……」フーちゃんはちょっと申し訳なさそうにつぶやく。

「でもさ、魚死んでもまた買ったらえーやん」とぼくが言うと、父さんはぼくの頭をゴツンとする。

「そんな簡単に言ったらあかん」父さんはキツイ感じで言う。

なんでぼくが怒られなあかんねん、とぼくは思う。ただフーちゃんを慰めるつもりで言ったのに。

「わかったか」と父さんに念を押されて、ぼくはすねてしまう。それを見たニーちゃんがぼくの横に来て、肩を叩く。

「本気ちゃうのにな」その言葉に、ぼくは救われた魚の気分や。

天気も晴れてきて、水槽洗うのにはもってこい。それで少し洗った水槽を乾かしてから、もう一度砂利やら飾りやらエアポンプやらを水槽に入れなおす。それから水にカルキ抜きを入れる。

「このカルキ抜きを入れんと、魚が死んでしまうからな」という父さんの言葉に、ぼくやフーちゃんはなんか怖い気持ちになる。なんで同じ水やのにカルキ抜きを入れんとあかんのかはよーわからへん。ただ「水道の水やと魚が生きられへん」ということだけしか知らん。

「なー、このカルキ抜き入れたら、魚移してもえーん？」とぼくが聞くと、

「うん、えーよ」

父さんはさっきの怒った顔もどこかへいって、静かに答えてくれた。それでぼくとフーちゃんで魚を静かにすくって、新しい水のきれいな水槽に魚を入れる。すると魚さんたちは元気そうに、スイスイと泳いでいく。今まではコケとかあってよく見えんかったけど、今は透明の水の中を気持ちよさそうに泳いでる。

「でもなー」ニーちゃんが横で言った。

「どうしたん？」とぼくが聞くと、ニーちゃんは首を振りながら答える。

「水を入れ換えたら、必ず魚が何匹か死ぬんよ」

ニーちゃんの言葉に対して、フーちゃんがうなった。

「うー、それってなんでなん？」

誰も答えることができへん。ぼくだってもちろんわからん。

「たぶん、やっぱり水が合わへんのかもな」と父さんが言う。

せっかくこうしてキレイな水になったばかりやのに、魚にとっては汚い水のほうがよかったんやろうか。ぼくは複雑な気持ちになってしまう。実際二、三日すると、魚

が死んで浮いていた。学校から帰ってくると、玄関にある水槽の魚が少なくなってる。

「あれ、魚は？」とぼくが言うのを聞いて、母さんが台所からやってくる。

「ほんまやな」と言う母さんと一緒によく水槽を見てみると、死んだ魚がすみのほうにプカプカと浮いていた。

「ニーちゃんの言ってたこと当たった」とぼくは言って、死んだ魚を網ですくい上げた。死んだ魚はあっけないほど簡単にすくうことができた。生きてるときは逃げまくってたのに。

「じゃあ、アーちゃんそれ庭に埋めてきて」

母さんに言われて、ぼくは力強くうなずいた。小さなスコップを持って、木のそばの土を掘り起こす。そして死んで動かへん魚をその中に入れた。死んだ魚は、グタッとしてて目も白っぽくて、見れば見るほど哀れやった。

「南無阿弥陀仏」とぼくは何回か念じてから、土をかけた。

「どうしたん？」

フーちゃんが横にやってきた。

「やっぱり魚が死んでもうた」

そうぼくが言うと、フーちゃんはフーッと息を吐いた。

「やっぱり水が悪かったんかな」と聞いてくるフーちゃんに対して、ぼくはやはりなにも答えることができへん。

「そうちゃう?」としか言えないぼくに、フーちゃんは納得してるとは思えないけど一緒に水槽のところに行く。そして魚の数を数え始めた。

「何匹おる?」とぼくが聞くと、フーちゃんはもう一度数える。

「たぶん、六匹」

ってことは元々七匹やったんや。

「じゃあさ、今度の日曜日また父さんに魚買ってもらお」

ぼくが言うと、フーちゃんは勢いよくうなずいた。

「フーちゃん、エンゼルフィッシュがいい」

その言葉に、ぼくはえーっと思う。

「だってこの水槽、エンゼルフィッシュばっかりやん。別のがえーわ」

そうぼくが言うと、勢いよくフーちゃんは首を振る。

「エンゼルフィッシュが一番キレイ!」とゆずらない。まー、ぼくはどっちでもえーんやけど、なんか弟にここまで強く言われると、兄としてなんかムカつく。

その晩、父さんが帰ってくると水槽を眺めて満足げやった。水がキレイやからかな。

でも魚が一匹減ったのには気づいてないみたい。「一匹死んだで」とニーちゃんがあっけなく言った。すると父さんはビールを飲みながら「そうか」とだけ答えた。ナッちゃんもようやくそのことに気づいたみたいで「えー、そうなん？」とか言ってたけど、本当はナッちゃんはそれほど魚は好きじゃない。ナッちゃんは自分が飼ってるインコのほうが断然大事やねん。

「じゃあ、また日曜に熱帯魚屋さんに行こか」と父さんが言ってくれて、ぼくとフーちゃんは目を合わせた。やったぁという思いを共有しつつ、あんまりそれを言うと打ち消されるとあかんから黙ってる。

「なに買うん？」と何気なくニーちゃんが聞く。

「そやな、エンゼルフィッシュばかりやから違うのにしよか」と父さんが言ったときの、フーちゃんの顔を見せてあげたかった。

「フーちゃん、エンゼルフィッシュ」

フーちゃんはそう叫んで、ぼくの制止も聞かずに暴れだした。え、そんなにエンゼルフィッシュ好きやったん？　ぼくはそのとき初めて、フーちゃんの思いの強さを知った。それとも単にわがまま言ってるだけなんやろか。そこのところは、次の日曜日になればわかることや。

大阪のおばあちゃん家《ち》

　ぼくはニュータウンに住んでるけど、おばあちゃん家は大阪の中心のほうにあるねん。だからたまに日曜日とかに、父さんの車で行く。ニーちゃんはもう中学生やし、ナッちゃんも六年生やからあまり行かへん。ぼくとフーちゃんがいつも行くねん。

「なぁ、まだ?」後ろの席に座ったフーちゃんがぼくの隣で身もだえる。

「まだやんな、父さん」とぼくは運転してる父さんに話しかける。

「もうすぐ新大阪や」

　そう言って父さんは黙りこむ。父さんはそんなにお喋りなほうちゃう。

　車はまっすぐ道を走っていく。

「なぁ、まだ?」フーちゃんがまた言った。

「だからまだやって。うるさいな」とぼくは外の風景を見ながら言う。車は淀川を渡って大阪市内に入っていく。

「フーちゃん、トイレ」とフーちゃんがこっそり言った。

「えー、父さん。フーちゃんトイレやって」

「もうちょっとやから我慢しなさい」と父さんはバックミラーでこっちを見ながら言う。

「えー、無理やわ」

フーちゃんはホンマにおしっこしたそう。

「無理やって」

ぼくがまた父さんに言うと、父さんは困ったような顔をした。そして車をわき道に止めた。

「しゃあないな」と父さんはフーちゃんと一緒にお店に入っていった。

あーほんまフーちゃんアホやわ。だから出かける前に母さんが「トイレは大丈夫?」って聞いてたのに。ぼくはまた道端の風景を見てる。向こうには熱帯魚屋さんが見える。あー今日は帰りにあの熱帯魚屋さんとこ寄るんかな。新しい魚、買ってほしいな。

「アーちゃんは大丈夫か?」帰ってきた父さんが聞いてくる。ぼくは首を振る。

「大丈夫」と言うぼくの横からドアが開いて、フーちゃんが戻ってきた。「あースッキリした」とか言いながら。

「だから母さんが言ってたのに」とぼくは少しフーちゃんのことをバカにして言った

けど、フーちゃんはおしっこしてスッキリしてるせいかなにも言い返してこーへん。

「もう少しやな、おばあちゃん家」フーちゃんのテンションは上がる。

「うん、今日はなにしようか」

プラモデル買ってもらうか、それとも近くの公園に来る紙芝居を見に行くか。

「紙芝居がいい」とフーちゃん。「ぼくはどっちでもえー」とか言ってるうちに車はおばあちゃん家に着いた。おばあちゃん家は大阪のごみごみした商店街の横にあるねん。古い一軒家で、おじいちゃんは別の場所で商売してるから、おばあちゃんは一人で住んでる。ほんで、たまにぼくらが遊びに行くと、コタツの上にお菓子が用意してあんねん。

「これ食べていい？」ぼくが聞くと、おばあちゃんはうなずく。

「えーよ、たんとお食べなさい」

ぼくやフーちゃんは手当たり次第に食べる。チョコやおせんべいにあめとか。

「父さんは用事してくるからな」と父さんは車でどっかに行ってしまった。ぼくはそんなのお構いなしに、フーちゃんと取っ組み合いを始めた。

「これこれ」とおばあちゃんは言うねんけど、そんなの聞くぼくらちゃう。

「フーちゃん、紙芝居見る」とフーちゃんが言う。

「えー、アーちゃんはプラモデルがいい」ぼくはわざとフーちゃんに対抗して言う。

「アーちゃんさっきは紙芝居でいーって言ってたやん」とフーちゃんが弟のくせに言ってくる。

「さっきはさっき。今は今やん」とぼくが言うと、おばあちゃんがなぜかぼくらの頭をなでた。

「先にプラモデル買いに行くか。紙芝居は夕方やから」

うん、とぼくは勢いよくクツをはく。フーちゃんも仕方なくついてくる。天神橋通り商店街は歩いてすぐそこやねん。細い通りにいっぱい店があって、人もようさん通る。

「あぶないで」とおばあちゃんが後ろから言ってくる。ぼくらはずんずんとギャングみたいに先に進む。お店はいっぱいあるけど、目的地は一つ。おもちゃ屋さん。

「ここちゃうかったっけ?」フーちゃんが違う店の前で立ち止まる。

「ちゃうちゃう」ぼくはさらに先に進む。たしかに似たような店が多いから、いっつもおもちゃ屋さんがどのへんやったかわからんくなる。

「あった!」と後ろからフーちゃんが言うより早くぼくは店に入ってる。ほんで小さい店内で、いろいろとおもちゃを見る。目的はプラモデルやけど、他にもおもしろそうなのがいっぱいある。

「これニーちゃんが持ってるよな」とか言いながら、ゲームボードを開いたりする。さすがに高いもんはアカンやろうけど、プラモデルやったら大丈夫なはずや。

「フーちゃんこれがいい」とか言い出したのは、ルービックキューブ。

「家にあるやん」すぐにぼくは言う。ナッちゃんが持ってるやつや。

「でも、フーちゃんも自分のが欲しい」

　またアホなこと言ってる。同じやつ買ってどうすんねん。ぼくはフーちゃんに構わずプラモデルを選ぶ。戦車とかガンダムとかあるけど、どれにしようかな。

「これは？」とおばあちゃんが言ってるのは、お城シリーズや。ニーちゃんは好きやけど、でもぼくはお城とかはあんまり興味ないねん。

「ぼくはこっちがいい」と言って、やっぱりガンプラを選ぶ。フーちゃんも戦車のプラモデルを選んだ。ルービックキューブはあきらめたみたい。おばあちゃんがお金を払ってくれて、ぼくらはほくほく顔で家に戻る。ほんで今度は静かにプラモデルを作り始める。

「あんたら急に静かになったな」とおばあちゃんが笑ってる。そら集中してるときは静かになるやんな。

いつの間にか夕方になってて、父さんが用事から戻ってきた。

「おー、どうしたんやそれ」ぼくらの完成しかけのプラモデルを見て言う。

「買ってもらった！」ぼくらは大声で叫ぶ。うれしさと勝ち誇ったような気分。

「あんたら、紙芝居どうすんの？」とおばあちゃん。そうや忘れてた。ぼくらは作りかけのプラモデルを置いて、公園に走っていく。後ろからおばあちゃんもゆっくり歩いてくる。父さんは家でゆっくりしてるんやって。

「気ぃつけや」とおばあちゃんが言うのも聞かずに、ぼくらは走っていく。ちょうど角のところで紙芝居屋さんが笛を吹いてる。プープーって大きな音がして、周りの子たちも集まってくる。

「よかった、間に合った」とフーちゃん。ぼくも紙芝居楽しみやからよかった。紙芝居そのものより、なんかガムみたいな型抜きをくれて、それを針でうまいこと抜くと景品をくれるのがいいねん。この時代では珍しいし、ニュータウンには絶対あらへん。

「ほら、あのガムやで」と紙芝居が終わってから、ぼくはフーちゃんを連れて列に並ぶ。それやのに、ぼくらの前でガムがなくなってしまった。

「ごめんなー、また来てや」と紙芝居のおっちゃんは言う。えー、またっていつのことなん、ぼくらが来るときに毎回紙芝居屋さん来るわけちゃうやん。

「なー」とぼくはおばあちゃんの腕を引っ張った。

「しゃあない」とおばあちゃんも困った顔をしてる。あー、くやしいわ。

「せっかくあの型抜きガムやるために来たのに」

フーちゃんもしょんぼりしてるけど、ぼくのほうがなぜか怒ってる。

「また来よ」とフーちゃんがおとなしく言ってる意味がわからへん。なんやねん、あの紙芝居屋さんも商売やったらちゃんといっぱい用意しといてや。ぼくがぷんぷんと怒っておばあちゃん家に戻る頃にはもう、空が暗くなってきていた。

「お前ら、帰るで」と父さんが言う。

「うん」そう答えるぼくのテンションは下がりっぱなしや。机の上には作りかけのプラモデルが置いてある。

「これ、どうする？　持って帰るか？」とおばあちゃんに言われて、ぼくらは迷った。だって作りかけで移動したら壊れるかもしれんし。でもニーちゃんとかに自慢したい気持ちもあるし。

「置いとけ。壊れるから。今度来たときに完成させたらえーやろ」と父さんに言われて、それはそうかと置いておくことにした。また次来たときにやればいいやんな。

おばあちゃんが手を振ってくれて、ぼくらは車の後ろから手を振り返す。カーブを曲がっておばあちゃんの姿は見えなくなった。

「フーちゃん、おしっこ」とすぐにフーちゃんが叫んだ。

「なんやねん」ぼくはずっこける。すぐに車はUターンして、おばあちゃん家に戻った。

「どうしたんや？」と聞くおばあちゃんの横をすり抜けて、フーちゃんはトイレに駆け込んだ。

「ま、もらすよりマシや」と父さんも笑ってる。でもそんなことしてるせいで時間がなくなって、帰りに熱帯魚屋さんに寄ることはできへんかった。ネオンが光る熱帯魚屋さんの横を通り過ぎながら、あー、買いたかったなとぼくは思った。

横ではフーちゃんが疲れて寝てる。気がついたらぼくも眠っていて、家に到着すると真っ暗やった。家に入ると、母さんやニーちゃんやナッちゃんが、晩ご飯を食べてるところやった。

ピアノ

自慢ちゃうけど、うちにはピアノがあるねん。ほんまなんの自慢にもならへん。っていうか、ぼくはこのピアノがあんまり好きとちゃうねん。なんでかって、そりゃいつも練習せなあかんからな。

「もういやや」ぼくが言うと、ナッちゃんが横から「どいて」とばかりに椅子に座る。ぼくは黙ってイスから降りて、ナッちゃんがなにを弾くのか見てる。最初、ポロンポロンと弾いて、そのうち「エリーゼのために」とか「トルコ行進曲」なんかを華麗に弾きだす。

「その曲知ってる」とかぼくはソファに座ってぶつぶつ言う。なんや、それくらいぼくだって弾けるわ……うそやけど。でもそのうち、全力ナッちゃんは難しい曲を弾きだす。ただ何回も同じところで間違うから、ぼくは少しイラつく。もう少しスムーズに聴かせてほしいわ。

と、フーちゃんがやってきてぼくの隣に座って、「フフフン」とか鼻歌を歌いだした。それがピアノにあってるのかもよーわからへん。

「フーちゃん、音外れてるで」とぼくは指摘する。

「え？」

　全然人の話を聞いてへんやん。だから音痴になるねん。

「うるさいねん。横で」ぼくはハッキリと言う。

「うるさくない。ちょっと歌っただけやん」

「そのちょっとがうるさいねん。上手やったらえーけど」

「なんでそこまで言われなあかんの、アーちゃんに」そう言ってフーちゃんは立ち上がり、目の前にあったテーブルを蹴った。するとテーブルに置いてあった花瓶が落ちる。ゴトン！

「わーちょっと、なにすんねん。雑巾とってきて」ぼくはあわてて花瓶を元に戻そうとする。なんとか割れてなかったけど、水が流れてしまった。

「うるさいな」演奏をやめてナッちゃんが言う。けど、すぐにまた練習をし始める。

「アーちゃんのせいや」とフーちゃんは言いながら、ソファを動こうともしない。

「なんやねん。自分がわるいんやろ」ぼくはフーちゃんの頭をどつく。

「痛いな！」フーちゃんはぼくに襲いかかってくる。

「そっちがわるいんやろ」ぼくはフーちゃんの腕をつかんでねじ伏せる。

「あいたたた。放して」フーちゃんは泣きながら頼む。だけどぼくはムカついたから思い切りプロレスの技をかけたった。ヘッドロックや。

「まいった？　もうせえへん？」ぼくはフーちゃんを押し倒しながら聞く。

「痛い。ほんま痛い。せーへんから、やめてや」とフーちゃんが本気泣きになるから、ぼくはようやく腕を放した。

「あんたら、さっきからうるさい！」ナッちゃんはピアノの練習をやめて、また振り向く。

「フーちゃんがわるいねん」とぼくは言いながらも、なんとなく勝ち誇った気分。ナッちゃんのジャマをできたのもなんとなく気分がよかった。

「どっちでもえーねん、あんたら練習のジャマ……」と言いかけたところで、ナッちゃんはテーブルの花瓶が落ちてることを発見した。

「これ、フーちゃん」ぼくが言うと、横で泣いていたフーちゃんは首を横に振る。

「ちゃう」と弟が言うもんやから、ぼくは腹が立った。

「うそつくなよ」

またフーちゃんの手を持とうとしたときに、ナッちゃんが母さんを呼びに行った。

「母さん、あの子らまたケンカしてる。花瓶が倒れたで」なんやねん、ナッちゃんいちいち言わんくてもえーのに。

「またケンカしたん？」と母さんが雑巾を持ってきて、床をふいた。

「アーちゃんがいじめるー」フーちゃんがさっそく言いつける。

「なんやねん、そっちが変な歌を歌うからやん」とぼくは本当のことを言う。

「変ちゃうもん」フーちゃんはふてくされる。

「なんや、アーちゃんはピアノの練習したんか？」と母さん。

「え？　うん、したよ」ぼくは半分はうそやけど、したことはしたからと自分に言い聞かせた。

「あんまりしてなかったやん」とまたナッちゃんが言う。なんやいらんこと言うな。

「してたよ。聞いてなかったやん、ナッちゃんは」とぼくは言い返す。ここで負けたらまた練習せなあかん。

「別にええけど。静かにしといて」ナッちゃんはまたピアノの練習を再開する。ぼくだって静かに聴いてたいわ、ちゃんと弾いてくれるなら。

「週末のレッスン、また怒られるんちゃう？」と母さんは花瓶を片付けながら、ぼくに向かって言った。

「もういややねん、あの先生」とぼくはこれまた本当のことを言う。何回先生替わったか知らんけど、今の女の先生は厳しいから嫌いや。

「いい先生やん。フーちゃんも習う?」と母さん今度はフーちゃんまで習わせようとする。

「え?」と思わぬ展開にフーちゃんは首を振る。そらそうやろ、ピアノみたいな女の子がするもん。それに練習せなあかんし。

「習ったら? アーちゃんも頑張ってるし」と母さんは言う。いや別に頑張ってないし、頑張りたくもないんやけど。ぼくはナッちゃんのきれいな演奏を聴きながらそう思う。だけどいらんことは言わんほうがいいから、口はつぐむ。

「ぼくはせーへん」フーちゃんも逃げるように部屋を出ていった。

こっちだってピアノなんてしたくないねん。だいたい母さんはナッちゃんのためにピアノ買って、もったいないからってニーちゃんに習わそうとしてん。でもニーちゃんは一瞬でやめてしまったから、今度はぼくに回ってきた。こっちは母さんに抵抗なんてできへんから、仕方なく習ってる。別にナッちゃんだけ弾いてればそれでえーのに、なんでぼくまで習わされるのか不思議や。元を取ろうとしすぎやねん。

「ナッちゃんが終わったら練習しなさい」雑巾を持った母さんはぼくに指令を下す。

わーほんまかいな。ぼくの心が読まれたんちゃう?

「えー」とぼくは声を上げるけど、まったく聞き入れてもらえない。母さんは台所に戻ってしまった。フーちゃんがいらんことしたせいで、またピアノの練習せなあかんやん。もう夜になるっていうのに。早く晩ご飯食べたいのに。

「練習終わるまで、ご飯食べたらあかんよ」と向こうから母さんの声が聞こえた。

「うわー」ぼくは声を出す。ほんでよく見ると、ナッちゃんはニヤニヤ笑ってるし。

「がんばって」とか言ってる。

「ほんなら早くどいて」とぼくは言うけど、ナッちゃんは自分の練習をやめる気配もない。うわー最悪や。なんでこうなったんやろ。なんもわるいことしてへんはずやのに。フーちゃんは逃げるし、ぼくはどこにも逃げられへんし。仕方なくソファに腰を掛けて、ぼくはナッちゃんが弾いてる曲を聴いてる。

「なんやねん」とつぶやいたけど、誰も話を聞いてくれへん。ほんまピアノなんて男が習うもんちゃうわ。楽譜をとってきたけど、全然やる気でーへん。だいたいバイエルなんて、面白くもないねん。

「ちょっとアーちゃん、うるさい」またナッちゃんが振り向いて注意してくる。いつのまにか声に出して喋ってたみたい。しゃあないやん、ピアノやりたくないんやから。そう思ったけど、またジャマ者扱いされるからぼくはなにも言わずナッちゃんの弾くピアノを聴き続ける。あーお腹がすいてきたな、今日のご飯なんやろとか考えながら。

ま、結局フーちゃんもピアノ習わされたから、ぼくはちょっとマシな気分になるねん。

二人ともすぐにやめちゃったけど。

K

ぼくの家には犬のゼロやザリガニのほかに、ナッちゃんの飼ってるインコのKがおるねん。いつからKがおるのかぼくも覚えてへん。ぼくが幼稚園くらいのときからおった気がする。

「ナッちゃん、Kにエサやらへんの?」

「え、さっきやったよ」ナッちゃんはKのこととなるとちゃんと答えてくれる。

「ぼくも遊びたい、Kと」そう頼むと、ナッちゃんは鳥かごのところにぼくを連れて行く。ナッちゃんの部屋の窓のところに鳥かごはあって、Kはその中でパタパタと羽を動かしている。

「K、ゲンキか?」とぼくは鳥に話しかける。

「ほら」と言うとナッちゃんは、鳥かごの扉を開けた。Kは少しずつ出口に近づくと、パーッと飛び出した。

「あ、ドア開いてる！」ぼくが言うと、ナッちゃんは焦った顔で部屋のドアを閉めた。まだ部屋のドアが開いてるくらいならえーけど、窓が開いてて逃げ出したことが何度かあった。そのときはKを探すのにぼくやフーちゃんも駆り出された。結局お腹がすいたのか、Kはいつも自力で戻ってくるねんけど。

「窓は開いてへんよね？」と確認しながら、ナッちゃんはKを呼び寄せた。Kは何度かパタパタと羽ばたいて、天井のあたりを行ったり来たりする。

「言うこと聞かへんやん」ぼくが笑ってると、ナッちゃんはまたKを呼ぶ。

「K、こっち。K、ほら」するとKはやっとナッちゃんの肩に降りてきた。

「わ、来た来た！」ぼくは喜んで、Kの黄色い頭に触ろうとする。

「ゆっくりやで」とナッちゃんはぼくに言う。Kは小刻みに頭を動かしながら、ぼくの指に反応する。

「気持ちいーか、K？」Kに話しかけながら、ゆっくりと頭をなでる。でもKは自由が好きなのか、すぐにまた飛んでいく。部屋をパタパタと飛び回って、またナッちゃんのそばにやってくる。ナッちゃんのことが好きやねん、メスのくせに。

「じゃ、そろそろ戻る?」ナッちゃんはKに話しかける。

「いやや、まだ」とぼくがKの代わりに答える。

「いやや、あんたに聞いてへんから」そっけなくナッちゃんは言うと、Kを捕まえて鳥かごの中に入れた。そこへフーちゃんがやってきた。

「どうしたん?」と言って、鳥かごをのぞきこむフーちゃん。

「Kと遊んでてん」ぼくはちょっと自慢げに言う。

「フーちゃんも遊びたい」案の定フーちゃんは駄々をこねた。

「もう遊ばしたから、あかん」とナッちゃんは答えたけど、別に何度でも鳥は外に出たいんちゃうの。

「じゃ、ここから見てる」フーちゃんはわりと素直に言うことを聞く。なんかナッちゃんの言うことやとよく聞くねん。

「K、K」とか言いながら、フーちゃんは柵越しに指を出したりしている。

「気ぃつけや」そうナッちゃんが言ったところで、やっぱりフーちゃんは声を上げた。

「あ、痛い!」指を噛まれて、血が出た。

「あーあ」ぼくはそう言うと、部屋から出て母さんを呼ぶ。母さんはすぐにやってきて、フーちゃんの手当てをする。

「指入れたらあかんって言ったやろ」とか言われてる。ぼくは、アホやなーとか思いながら、ただ近くにいると一緒に怒られそうで、あんまり近づかないようにしてる。ま、そんな感じで、ぼくは犬のゼロのほうが好きやけど、ナッちゃんは鳥のKのことをすごく愛してるねん。別にそれはえーねんけどな、事件さえ起こらなかったら。

ある日、それは起こった。ぼくはすごく嫌やったし、悲しかった。

「K、K」という声が、学校からぼくが帰ると聞こえてきた。

「え、泣いてるん？」ぼくはナッちゃんの部屋のほうを見る。ドアは閉まってるから、わからへん。それで、母さんのところに行って尋ねる。

「どうしたん？」牛乳を飲みながら聞いたら、母さんはうつむき加減で答えた。

「Kが死んでん」え、Kが死んだって。ぼくは牛乳をテーブルに置く。

「昨日まで元気やったのに？」ぼくが聞くと、母さんはうなずく。

「今朝学校行く前に、ナッちゃんが鳥かごからKを出したらしいねん。それで忘れてそのまま学校に行ったから……」

Kは一日中、閉め切った部屋の中にいたんやって。

「それで死ぬん？」ぼくが聞くと、母さんは首を縦に振った。

「暑いし、水もエサもないから」

それやったら鳥かごの中にいたほうが安全やったってこと？　そんなことあるん？　ぼくはもう一度、ナッちゃんの部屋の前に行く。相変わらずナッちゃんの泣き声が聞こえてくる。

「ごめんな、K。ごめんな」とか叫んでる。あーもう嫌や。ナッちゃんはめったに泣かへん。ぼくやフーちゃんのほうがよく泣く。ニーちゃんにいじめられても、ナッちゃんはそんなに泣くことはない。それが今日はわんわん泣いてる。ぼくの胸はしめつけられる思いや。

「大丈夫？　ナッちゃん」と声をかけようとするけど、どうしようもない。Kはもう死んでしまってん。

「どうしたん？」とフーちゃんが横にくる。

「Kが死んでん」ぼくは弟の問いに答える。

「え、なんで？」とフーちゃんが聞くので、ぼくは母さんから聞いたことを繰り返す。するとナッちゃんの部屋のドアが開く。そして泣き顔のナッちゃんがすごい勢いで飛び出していく。

「ナッちゃん」とぼくは言うけど、ナッちゃんは走ってどこかに行ってしまった。手には死んだKを抱きかかえてるみたいやった。

「埋めに行ったんかな」と、フーちゃんがちゃんとしたことを珍しく言う。

「そうかも」ぼくはそう答えて、ナッちゃんの行った方向に向かった。庭のすみのほうに、ナッちゃんは穴を掘ってた。そしてそこにKを入れようとしていた。横には母さんとニーちゃんもいた。

「あんたら、ここ掘り返したらあかんで」と母さんはぼくらに注意した。そんなんするわけないやん、と言いたかったけどぼくは単にうなずいた。

「フーちゃんはせーへんけど、ゼロがするかも」とフーちゃんが言った。それは言えてることで、みんな一瞬固まってしまった。それでKは違う場所、公園かどこかに後日埋めることになった。ぼくはそのときはいなかったので、どこに埋めたのかは知らん。でもフーちゃんが指摘せんかったら、Kの死体をくわえたゼロが尻尾を振ったりせんでもないから、危なかった。

「生き物はいつか死ぬもんや」と晩ご飯のときに父さんが言った。

「うん」泣きはらした真っ赤な目でナッちゃんはうなずいた。ぼくらはさすがになにも言えへん。

「でもナツミが放ったらかしにしたからな」とニーちゃんがすごい発言をする。ナッちゃんはしょんぼりしてるのに、よく言うわ。

「そうやで、ちゃんと世話せなあかん」と父さんは静かに言った。母さんも横でうなずいている。

「また買ったらえーやん」とぼくはあえて明るく言った。場を盛り上げようとしたんやけど。

「簡単に言うな！」と父さんに怒られてしまった。

「世話できへんのに、また死なすことなるやろ」と母さんも強く言う。

「じゃあ、フーちゃんが買う」と今度はフーちゃんが助け舟なのか知らんけど、言った。

「余計あかんやろ、フーちゃんじゃ」と父さんは笑いながら言った。みんなも笑ってる。フーちゃんは頭をかいてるから、素で言ったのかもしれん。でもそのおかげで場が和んだ。

「もう少しして、中学生になったら買うわ」ようやくナッちゃんが言う。

「うん、そうしなさい」と母さんがぼくのご飯のお代わりをよそいながら答えた。

鉄棒

うちの家の庭には鉄棒があるねん。あるときに父さんが買ってきて、庭の端っこに鉄棒を取りつけた。正直言うと、ぼくは鉄棒にそんな興味なかったし、どっちかと言えば広いままの庭が好きやねんけど。

「フーちゃん、逆上がりできへん」と小学二年生の弟が言う。

「アホちゃう。簡単やん」ぼくは庭の鉄棒で逆上がりをしてみせる。

「どうやんの？」と弟はマネしようとするけど、体が持ち上がらへん。

「だからこう逆手で持ってな」とぼくはもう一回逆上がりする。それほど鉄棒が得意ってわけちゃうけど。

「できへん」と言うフーちゃんは鉄棒が不得意や。こういうのが得意なのはナッちゃんやねん。家の鉄棒でくるくる回ってる。

「どうやんの？」って今度はぼくがナッちゃんに聞いても、姉は肩をすくめる。

「こうやんねん」と言いながらまたくるくる回る。

「別にえーけど」

ぼくは自分ができへんし、いやな気分になる。鉄棒ができるからって別になにも変わらへんやん。なんで学校に鉄棒なんてあるんやろ。逆上がりできたからって、人生のなにが変わるねん。

「そら基礎や」とニーちゃんが言う。

「基礎?」ぼくは中学生のニーちゃんに聞く。

「基礎っていうのは、そこからさらに上に行くための土台や」とニーちゃんはいいことを教えてくれる。

「ふーん」と言いながらぼくは庭の木に登る。

「アーちゃん、おサルさんみたいやな」とニーちゃんは笑ってる。自分だってちょっと前まで登ってたやん、とぼくは思うけどニーちゃんに対してはあまりなにも言わへん。

「ニーちゃんは鉄棒できるん?」とぼくが聞くと、ニーちゃんは庭の鉄棒で逆上がりしてみせた。

「余裕」ニッと笑う。だいたいうちの場合、ニーちゃんがなんでも最初にやるねん。長男やから当たり前といえばそうやけど。スイミングでもピアノでも、自転車でもなんでもニーちゃんが試してみる。それからナッちゃんがやって、ぼくやフーちゃんに回ってくるんは生まれた順番やからしゃあない。お古の服とかはそんなにうれしくないけど。

「アーちゃん、これ」と呼ぶ声がする。

「どうしたん、フーちゃん」ぼくは弟がいるほうに歩いていく。すると庭の端っこにある桃の木が咲いていた。

「花が咲いてる」

「うん、これが桃になるねん」と教えてあげる。

「いつ桃なるん？」と弟が聞く。ぼくは去年いつ桃を食べたのかを考える。

「たぶん、夏の終わり頃ちゃうかな。でも虫に食べられんようにせんとな」

　去年、母さんがせっかく新聞紙にくるんで桃を守ったのに、半分くらいは虫にやられてたのをぼくは思い出す。

「めっちゃ甘いよな。楽しみや」そうフーちゃんはつぶやいた。

　うちの庭には桜や桃のほかにもどんぐりの木とかキンカンの木とか、よくわからんのがめっちゃある。あとバラとかパイナップルみたいな植物とか。それで犬小屋があってゼロが寝てる。だいたい寝てるけど、ぼくとかフーちゃんがいると尻尾をふってくる。めちゃかわいいねん。普段は首輪でつないでるけど、散歩するときに間違って放してしまうと大変や。庭中を走り回って、挙句の果てに外に逃げ出したりするねん。隣とは家垣があって区切られてる。そのブロックの上をぼくとかニーちゃんとかは登って歩いたりする。隣の家は芝がきれいでゴルフの穴とかあるから、入ったらめちゃ怒られるねん。ま、実際には怒られたことないけど「入ったらあかんで」って母さんからは注意されてる。

もう一つの隣はユッコちゃん家や。ユッコちゃんはナッちゃんと同い年の女の子で、ぼくはあんまり遊ばへんけど、ナッちゃんはよく遊んでる。隣の家やから。ニュータウンにはこんな庭を持った家がいっぱいあって、それぞれが木とか鉄棒とか池とか持ってる。ぼくは年齢が近いトシくんやコッちゃんとよく遊ぶ。あとは弟と同じ年の、ユウくんとかカズくんともよく遊ぶ。よく考えたらぼくの年代は、みんな近所は男の子ばかりや。ナッちゃんと同じ年齢の子たちは、女の子もいっぱいいるから不思議やわ。コッちゃんのお姉ちゃんもナッちゃんと同じ年齢やし。

「自転車乗ろう」とコッちゃんが言ってきた。

「ええで」ぼくはガレージから自転車を出して、二人で散歩道とかを自転車でぶんぶん飛ばす。ひとしきり遊んだあと、コッちゃん家に行く。それで麦茶とかごちそうになって、コッちゃん家にも鉄棒があることに気づいた。

「あれ、鉄棒やるん？」

「やらへん」麦茶を飲みながらコッちゃんは頭を横に振った。

「え、ほんならなんで鉄棒あるん？」

「知らん。お父さんが買ってきてん」

　そう言うコッちゃんに対し、ぼくの頭の中は？マークや。

「うちと一緒やな」そうぼくは答えたけど、なんでどこもかしこも（うちとコッちゃん家やけど）鉄棒を庭につけるんやろ。

「うん」と返事しながら、コッちゃんは別の遊びをしようとする。

「鉄棒やらへん？」とぼくはなんの気なしに誘ってみる。なんで家にあるのにしよーと思ったんやろ。ちょっといいところ見せようとしたんやろか。

「別にええけど」コッちゃんはそう言って、庭に出た。それで逆上がりとか見事な技をいくつか見せてくれる。

「え、すごいやん！」ぼくはコッちゃんの鉄棒技に圧倒される。

「うん。アーちゃんもやってみせて」と言われて、やらへんわけにはいかへん。

「ちょっとしかできんけど」と言ってぼくは逆上がりを一回して、そこからコッちゃんみたいに回転技をやろうとした。で、鉄棒から落ちてしまった。ぼくは一瞬くらくらと頭が回って、目の前が暗くなった。次の瞬間には、コッちゃんの家で寝てた。

「大丈夫？」と心配そうな顔でコッちゃんが聞く。

「アーちゃん、痛くないか？」と、コッちゃんのお母さん。ぼくの頭をさすってくれてる。

「うん」ズキズキする頭をかかえながら、ぼくは起き上がろうとする。

「血出てへんから、大丈夫やと思うけど」とコッちゃんのお母さんが言ってくれる。

「うちに電話しよっか」とコッちゃんも気をつかってくれる。

「いや、せんでええ」ぼくは頭を押さえながら言った。こんな情けないことを皆に言われたくない。

「帰れる？」とコッちゃんのお母さんは心配してくれたけど、家はすぐそこやし大丈夫。とぼくは自転車に乗って帰ろうとした。だけどふらふらしてしまう。

「自転車、置いていけば？」とコッちゃんが言うけど、ぼくは自転車を押して帰ることにした。それが間違いやったなって、あとになって思った。なんでかって言ったら、もっとひどい目にぼくはあってしまったからやねん。

ケガ

　ぼくはコッちゃんの家から、自転車に乗って帰った。鉄棒から落ちて、頭がクラクラしてたんやけど自分では「大丈夫や」と思ってた。ちょっと坂を下りたらすぐうちやし、と自転車をこいでたら突然また頭がズキッとした。それで、あっと思ったら、もうすでに自転車から落ちてしまっていた。しかも、顔から地面に落ちた。アスファルトの上に、もろ顔面をぶつけて、鼻や口がヒリヒリして、血が出てるのもわかった。「い、痛い」と言いながら、ぼくは泣いてしまった。誰もそばにはいてへんくて、自転車を見たら、後輪がクルクル回転してた。それを見て、アホみたいって思った。だけどぼくは泣きじゃくりながら、立つこともできへん。口を押さえながら、ぼくはなんとか家に帰ろうとする。

「痛いよー、痛い」ぼくは泣きながら、地面を這う。足をひきずり、ジャリジャリと小石をこすりつけながら進む。家は角を曲がったすぐそこやのに、それがものすごく遠くに感じられた。

「とにかく家に帰って、お母さんに……」母さんに言えばなんとかしてくれる。ぼくは自分の自転車もそこに置きっぱなしで、必死に家に戻った。

「はぁはぁ、あと少し……」次々出てくる涙をぬぐって、シャツも顔もグチョグチョで家の前に着いた。けど、そこから門を上がっていかなあかん。一瞬、インターホンを鳴らそうかと思ったけど、そう考える間もなく階段を上がってた。足をひきずって、ようやく玄関までたどり着く。

「お母さーん」と叫びながら、ぼくは家のドアを片手で開ける。そして「痛い」と言って、玄関の中に倒れこんだ。

「どうしたん？」奥から母さんがやってきた。

「あかん」ぼくは涙を拭く。

「なんや、どうしたん。え、ちょっと」ようやく母さんはぼくがケガしてること、血を流していることに気づいた。

「倒れてん」ぼくはまだ半べそをかきながら言った。

「ええから。ちょっと、手当てや」母さんは救急箱を持ってくる。そんで消毒液を出して、ぼくの唇やほっぺや、足のケガを消毒する。ぼくは痛さのおかげで訳がわからんくなってる。でも母さんがそこにいて手当てしてくれたから、ようやく落ち着いた。

「どうしたん、アーちゃん？」そこにフーちゃんもやってきた。一番見られたくないのが弟やったけど、もうこの際しゃあない。

「ちょっと事故」ぼくは落ち着いたフリをして答える。

「大丈夫なん？」とフーちゃんも心配そうに見てくれる。こういうときのフーちゃんはとても優しい。

「なぁ、フーちゃん頼んでいい？」ぼくは弟に言う。

「なに？」少しフーちゃんはうれしそうにする。

「あのさ、自転車置いてきたから、とってきてくれへん。すぐ角のとこ」

「ええよ」素直にフーちゃんは行ってくれる。考えてみると水ぼうそうのときもフーちゃんは、ぼくに薬とか塗ってくれてん。ブツブツができてるのに、それをいやがらずにぼくの皮膚に薬をつけてくれた。背中とか手が届かんところをやってくれた。それで結局一週間もたたずに、フーちゃんにも水ぼうそうがうつってしまったけど。

「あれは、うつるもんや」と母さんは言ってたし、それはそうやねんけど。ぼくは全然そのあと、フーちゃんに薬とか塗ってあげへんかった。別になにも考えてなかってん、いいとかわるいとかじゃなくって。

「あったで」フーちゃんが戻ってきた。

「ありがとう」ぼくは足をさすりながら、そう答えるのが精いっぱいや。

「え？　どこが？」ぼくは自分のことでいっぱいいっぱいやから、自転車のことも考えられへんかった。

「ハンドルとサドル」

「そっか、また直す」ぼくはソファに座って言う。母さんに包帯を巻いてもらったけど、痛みは引かへん。

「うん」そうフーちゃんは答えた。なにを考えてるのかもわからんけど、たぶんぼくの足が痛いのか気になってるんちゃうかな。

「足、痛いわ」ぼくはちょっと大げさに言ってみる。

「そうなん。どれくらい？」

「めっちゃ痛い。死ぬかと思った」

ぼくがそう言うと、フーちゃんはなんか感心してる。

「ちょっと、アーちゃん！」そこへ母さんがまたやってきた。

「なに？」ぼくが聞くと、母さんは怒るような感じで言う。

「コッちゃんの家で、鉄棒から落ちたんやって？」と母さん。

「うん」ぼくは別に隠してたわけちゃうけど、やっぱり皆に知ってほしくなかった。

「壊れてたで」

鉄棒から落ちるなんて恥やわ。

「ちゃんと言わなあかんやん」と母さんは言った。ぼくがケガをしてるから、そんなにキツくはなかったけど。

「うん」とぼくは答える。

「それが原因ちゃうの、自転車も」そう母さんは言うけど、ぼくは事を大きくしたくなかった。それに鉄棒だって自分のせいやし、コッちゃんの家は別に関係ない。

「関係ないよ。ただコケてん」とぼくは答えた。そう言うしかあらへん。

「そう」と言って母さんはまた電話をしに行った。たぶんコッちゃんのお母さんが電話かけてきたんやな、とぼくは思った。

「鉄棒から落ちたん？」とフーちゃんが言ってくる。なんか嫌やなぁ。

「うるさい」

「落ちたんや。アーちゃん、落ちたんや！」

何度も言うもんやから、ぼくはほんまに腹が立ってきた。ただでさえケガで気分悪いのに。

「だから、そうや。落ちてん。わるい？」ぼくは強気で言う。

「別に」そう弟は言いながらも、少しうれしそうなんをぼくは見逃さない。

「なんや、自分も落ちたら痛みわかるわ」と腹立たしげにぼくは言う。

「フーちゃんは何度も落ちてるわ」弟もそう言って、向こうに行ってしまった。

それはそうかもしれん。家の鉄棒で、フーちゃんが何度も落ちるのをぼくも見てきた。そのたびにぼくは、フーちゃんのことをバカにしてたてん。

「アホちゃう。こうすんねん」とかいい気になってた。だけど、こうして痛みを知った今はなにも言えへん。ほんまアホやわ。ご飯のときにそのことを言おうか迷ったけど、恥ずかしいし黙ってた。ただナッちゃんもニーちゃんも、ぼくのケガに少し同情してくれた。でも父さんは「気をつけろ」とだけ言って黙々とご飯を食べてる。ケガのせいか、少し静かな食事に感じた。

母さんが、ご飯のあとにもう一度手当てしてくれた。

「今日はお風呂やめとき」

そう言われて、ぼくは「うん」とだけ返事した。

ぼくはアトピーがあったから、なにかと病院に通った。皮膚だけじゃなくって、アトピー性鼻炎とかで耳鼻科にもよく行った。冬になると鼻がつまってきて、いつも呼吸困難になってた。それやのに裸足とかで過ごすもんやから、余計にそうやったんかもしれん。でも今までで一番「死にそう」って思ったのは、なんといっても小学三年のときに「盲腸」にかかったときや。

「痛い。いたいよー」とぼくは叫ぶ。なんか急にお腹が痛くなってきてん。

「大丈夫か？　どこや？　左？　右？」

いつもお腹が痛くなったら、母さんは「右か左か」聞くねん。左やったらただの腹痛で、右やったら気をつけなあかんらしい。

「わからん。どっちやろ、真ん中……」とぼくは自分の痛みを感じながら言う。

「真ん中？　そんなに痛いんか。病院行こか」

近くの病院に車で連れて行かれた。車の中でも、お腹の痛みは引くことはない。キューーと引きしまるような痛みや。

「あかん。母さん、痛い！」

「もうすぐやから、我慢して」母さんは車を運転しながら言う。

「もうすぐってどれくらい？　あかん」ぼくは声をひそめながら言う。

「ほら、着いたで」そう母さんは言うけど、病院の前の信号が赤や。ぼくはそれが青になるのを待てないくらい痛い。

「まだなん？」ぼくは怒りたいけど、あまりの痛さに声を荒らげることもできへん。

「ほら、着いた」車を駐車場に入れ、母さんはドアを開けてくれた。ぼくはほとんど倒れそうになりながら歩く。

「もういやや」と言いながら、病院にやっとのことで到着した。どれくらい待合室にいたんか覚えてない。ただお腹の痛みと戦っていた。ここにはフーちゃんも、ナッちゃんもニーちゃんもいない。ぼくはぼくと戦うしかない。我慢するしかない。ただじっとこらえて、下を向いてるねん。

「桐谷さん。桐谷アキオくん」と看護婦さんがやっとぼくのことを呼んでくれた。

「はい」と母さんがぼくを引っ張っていく。ぼくはお腹が痛いから、かがんで歩く。

それからお医者さんに診てもらったけど、お医者さんは「なんともない。大丈夫」と言って、ぼくに注射のおもちゃをくれた。

「はぁ」帰りの車の中でもぼくはボーッと外を見ていた。ほんまにただの腹痛がこんなに痛いんやろか、なんて思うこともない。お医者さんがそう言うんやからそうなんやろ。ぼくはうちに帰って、ご飯を食べて、なんとかお風呂にも入った。だけど、その晩はもう寝てられへんくらいお腹が痛くなった。

「あかん。痛いよ、ほんま痛いねん」とぼくは母さんや父さんの寝床に行く。しばらくは一緒に寝てもらうけど、もぞもぞと寝返りをうつ。

「大丈夫か？」と父さんが声をかけてくれる。だけど痛みが引かへん。もっと痛い。

「あかんねん、痛い。痛い」とぼくはほとんど泣きながら訴える。

「これは変やな」そう父さんが言った。変や、ほんま変やわ、こんな死にそうな痛みは初めてや。

「病院ではなんともないって言ってたけど」と母さんは昼間お医者さんに言われたことを繰り返した。

「痛い、痛い、痛い」その間もぼくは痛みに耐えかねて、うずくまって泣く。

「もっと大きな病院行こ。市民病院や」と父さんが言って、それで夜中やったけど車を出してくれた。夜の窓から見える風景も、ほとんど覚えてへん。うっすらとした景色が、お腹の痛みとともにあるねん。意識を失いそうな痛みがお腹を押しつける。

「まだなん？」とか言いながらも、昼間よりもさらに痛くて、ぼくはどうすることもできへん。

「もうすぐや」と父さんは車を飛ばしてくれる。母さんみたいにモタモタしてへん。

スパーッと運転してくれて、青信号をつっきってあっという間に市民病院に到着した。「こちらです」と看護婦さんが言う。で、緊急かなにか知らんけど、すぐに検査を受ける。それで「盲腸」って診断された。

「入院」と母さんが言ったのか、看護婦さんが言ったのかも覚えてない。でもぼくは「え、今ってこと？」と思った。入院なんてしたことないから、心の準備もなにもできてへんのに。

「すぐ手術やから」と言われて、さらに混乱する。でも痛みがそれに勝って、ぼくはうなずくしかできへん。昼間のアホな病院とちがって、めちゃ速い。ぼくはすぐに車イスに乗せられて、手術室に向かう。「歩くくらいできるわ」って実は思ったけど、車イスがこんなに便利やとは思わんかった。手術も車イスも入院も、すべて初めてやった。

「大丈夫なんかな……」ぼくは後ろを振り返ろうとする。母さんは少し後ろを歩いている。父さんは車かお医者さんかのところにいる。

「大丈夫やよ。麻酔がきくから、気ぃついたら終わってるわ」と優しい看護婦さんが言ってくれる。ぼくは泣きそうな痛みと早くおさらばしたい。クソッ、昼間の病院め。やっぱり「盲腸」やん。こんだけ痛いねんから当たり前や。そら普通の腹痛のはずないわ。病院の長い廊下を進みながら、ぼくは色んなことを感じてる。ヒンヤリとした空気、匂いや壁の色、お腹の痛み。看護婦さんの顔、廊下にあるベンチ、光の加減。「さ、こっち」と言われて、ぼくは手術室に入った。後ろを向くと、母さんが手を振ってる。手術室に入ったら、お医者さんがいた。

「大丈夫やからな、ボク」と言われても、ぼくにはどう答えていいのかわからん。ただうなずくしかあらへん。この病院に来てからまだ三十分くらいしかたってへんのに。

「麻酔きくから、眠たくなるよ」とマスクをした看護婦さんが言う。それでぼくの口に呼吸器みたいなのが当てられる。上の光がまぶしい。向こうの窓のところに、母さんがいるのがなんとなくわかる。ぼくは手を振りたいけど、もう動くことができへん。すぐに眠たくなって、光も暗闇へと変わっていく。


「起きた?」

目を覚ましたら、母さんがいた。光がまぶしい。

「ここどこ?」と言いながら、ぼくは周りと自分の体を見比べる。室内には白い壁とベッドが並んでた。他の人もいるみたいやけど、カーテンで区切られてるからわからへん。ぼくの体にはいろいろと管がつけられてる。お腹から何本か、腕には点滴。

「すごいな、これ」ぼくは自分の体を見て笑う。それで、あの痛みが去っていることに気づいた。「盲腸とったから」と母さんが微笑む。

「手術やったんや」とぼくが答えると、母さんがうなずく。

「赤かったで、盲腸」

ぼくの取られた盲腸を母さんが見たというのも、なんか変テコな気がした。

「そうなんや」

ぼくは自分があまりに入院患者なのに驚いてしまう。すると看護婦さんがやってきた。

「大丈夫ですか、桐谷くん」と言いながら、熱をはかったり、脈をとったり、点滴を交換したりする。

「これって動けへんの？」と聞いてみると、看護婦さんと母さんがうなずいた。

「しばらくはね」と言われて、そのあとにしびんとかウンコをするやつとかの説明を受ける。

「え、ほんまにやんの？」信じられへん。すごい嫌やった。

「入院してるんやから仕方ない」と母さんが言う。

「どれくらい入院するん？」って聞くと、二週間ちょっとという看護婦さんの答えやった。まだぼくは自分が入院してることが信じられへんかった。二、三日は母さんが一緒に泊まってくれて、それからはみんなお見舞いにきてくれた。兄弟やばあちゃんや、友達とか。ばあちゃんなんかは変なおまじないの紙を「仏様のもんやから飲みなさい」とか言って、飲まされた。でも、ほとんどはヒマな時間やった。漫画とか、普段は買ってもらわれへんもんを買ってもらえたのはよかった。ちょっと特別扱いされたんがうれしかった。テレビも見れた。隣の患者さんが、小さなテレビを貸してくれてん。病院のご飯はおいしくなかったけど、おやつの時間があるのはよかった。お腹の管がグチョグチョしてて気持ち悪かった。

「学校はどうなってんねやろ」とぼくは自分が休んでる間の授業のこととか心配した。ようだってこんなに休んだら、もうわからへんのちゃう？　ま、別にえーねんけど。ようやく立てるようになったときには、体の平衡感覚がおかしくなってふらふらした。

「あかん、立ってられへん」足がグニョグニョに曲がったみたい。立つのがこんなに難しいなんて知らんかった。でもトイレに自分で行けるようになって、ちょっとホッとした。あのしびんとかほんま嫌やったから。

　そうこうしてるうちに、ようやく退院する日になった。父さんが車を出してくれて、病院とおさらばした。外の空気がめちゃおいしくて、たった三週間やのに世界が違って見えた。すべてが新鮮で、思わず車の窓から見つめてしまった。なにより驚いたんは、家の前の公園やった。緑の葉っぱが、すべて紅葉に変わってたからびっくりした。ぼくにとっては一日ですべてが変わってしまったみたいなもんやった。体重も少し増えて、今まで感じたことない脂肪とかがお腹についてた。

「大丈夫？　アーちゃん」とフーちゃんが言ってくれた。ナッちゃんやニーちゃんや、みんな、妙に優しかった。犬のゼロの頭をなでるのがすごくうれしかった。ゼロは盲腸のことなんて知らんけど、優しい目でぼくのことを覚えていてくれた。

みんなでご飯を食べられるのもめっちゃうれしかった。母さんのご飯が、すごくおいしく感じた。家のお風呂もほっとしたし、あの痛みなしで家のベッドで寝れるのが信じられへんかった。

「ほんまアホやわ、あの病院」とぼくはいつまでも最初の病院のことを言った。

「ヤブや、ヤブ」とぼく以上に怒ってるのは父さんで、それからずっとそのことを言い続けてた。

「もう一歩遅かったら、命もヤバかったんよ」と母さんに言われて、ぼくは「そらそうやろ、あんだけ痛いねんから」と妙に納得した。

野球

　ぼくは野球が好きやねん。もちろん阪神タイガースのファン。甲子園にはまだ見に行ったことないけど、毎晩のようにサンテレビのナイターを見てる。これは父さんの影響なんかもしれんけど、とにかく阪神が好き。兄弟の中で、他の人はそれほど野球に興味ないから不思議や。こんなおもろいのに。

「今日も遅くなるで」ぼくは母さんに朝言ってから、学校に行く。授業が終わったら、小学校の近くの公園で野球をする。といっても、庭球ボールの三角ベースボールやけど。

「ほら、行け」とばかり、ぼくらは他の連中に場所を取られないように走る。

「よっしゃ一番乗り！」ぼくは公園に陣を取る。

「ライン、ひけよ」と友達が言う。ぼくらは足とプラスチックのバットで、線を引く。一列に並んで、ラインを濃くしていく。

「それくらいでえーんちゃう？」そう言って、チーム分けする。二チームに分かれると、ピッチャーと内野と外野に散らばる。だいたい四～五人くらい。それでボールを投げたり、打ったりする。向こうの竹林まで飛ぶと「ホームラン」。でもそうなるとボールを探すのが大変や。ホームランが一番しんどい。

「おいホームラン」と言いながら、守りのチームやらみんなが駆り出される。

「どこやねん、ボール」草むらを探る。けど、なかなか見つからへん。

「こっちちゃうんか」と言いながらだんだん奥へと行く。すると別のボールが見つかったりする。

「あったで！」と誰かが叫ぶ。

「おー、よかった」ぼくはホッとする。もしボールがなくなったらそれでゲームは終わり。ま、だいたいは他にも誰かがボールを持ってきてるから大丈夫やねんけど。

「だいぶ暗くなってきたな」

薄暗くてボールが見えなくても、ぼくらは野球を続ける。

「～ちゃん。ご飯やよ～」と、そのうち誰かのお母さんが呼びに来たりする。うちの場合は、ちょっと遠いし母さんが来たことあらへん。

「じゃ、帰るか」ぼくらは泥んこになったTシャツで、顔をふきながら歩く。ほんまに夢中になって毎日ボールを追いかけてた。

「アーちゃん、野球選手になるん？」家に帰るとフーちゃんが聞いてくる。弟はそれほど運動神経いいほうちゃうから、ぼくのことをちょっと尊敬してくれてる。それでこんなこと聞くんやろ。

「野球選手、どうやろ？」

ぼくは野球好きやけど、プロの選手になろうとか考えたことはなかった。なんでかわからん、父さんの影響やろうか。父さんはどちらかと言えば、堅実なほうやねん。だから大学とか行って、ええ企業に入れ。と、直接言うわけちゃうけど、そんな感じ。ニーちゃんは中学二年やから、もう塾とか行って勉強してるし。

「今日、阪神どうや」と父さんはうちに帰ってくると聞く。

「うん、勝ってるで」ぼくはテレビにかぶりつきながら言う。

「チャンネル変えたい」フーちゃんがボソッと言うのを、ぼくは無視する。フーちゃんもそれ以上なにも言ってこーへん。今まで散々チャンネル争いのケンカで、ぼくが勝利してきたから。特に野球のときは譲るわけにはいかへんし、フーちゃんだって他の番組をそんなに見たいわけちゃうはず。

「巨人、好き」とかフーちゃんが言うのも、ぼくに対抗してるだけや。だからぼくはあんまり相手しないことにしてる。

「今度、甲子園行こか」とうとう父さんが食事のときに言った。

「え、ほんまに？」

「取引先でチケットもらったから」

父さんはビールを飲んだ。

「やった！」とぼくは声をあげる。

「フーちゃんも行く」

お前は野球に興味ないやろ、とぼくは思ったけどなにも言わへん。

「えーよ、フーちゃんのチケットもあるから」と父さんは言った。ニーちゃんは塾やし、ナッちゃんこそ野球なんて興味ない。

それで一か月後の日曜日に、なんと巨人戦を見に行った。甲子園へは、梅田で阪神電車に乗り換えて行くねん。普段あんまり阪神電車なんて乗らへんから、ぼくはすごく遠くに来た気がする。しかもそれはいつもテレビで見ている「あの」甲子園球場やねん。正直言うと、今までも甲子園の近くまでは来たことあった。阪神パークっていう遊園地があったから、母さんが連れてきてくれたこと何回かあってん。でも球場は別や。

「すごいな、でっかいな」

駅から見える甲子園に、ぼくはウキウキする。売店ではさっそく黄色いメガホンやフラッグが売ってる。有名選手のサインボールが目立つところに飾ってある。

「うわー、あれ欲しいな」と、ぼくは父さんの顔をうかがう。

「あとでな」と父さんはさっさと歩いていく。ぼくとフーちゃんは、人ごみの中をゆっくりと歩く。

「あれが甲子園？」フーちゃんが緑のツタに囲まれた球場を見て言う。

「そうやで」とぼくは知ったかぶりで答える。父さんがチケット見ながら入口を確認してる。

「なんか汚いな」フーちゃんがそう言うので、半分はその通りやなとぼくも思う。

「アホか、これがえーねん。由緒ある球場やで」ぼくは甲子園の肩を持つ。

「こっちや」と父さんに呼ばれて、ぼくらは薄暗くなり始めた球場の中に入った。狭い入口から入って、階段を上る。するとパーッと明かりが目に飛び込んできた。ファンの歓声が聞こえて、芝生の緑色、小さい選手たちが向こうに見える。

「わー、大きい」ぼくもフーちゃんも目が点になる。ぼくらは外野のアルプススタンドに入る。そして父さんが席を見つけてくれて、狭い席に割って入る。応援が目の前で行われてる。

「めちゃすごいやん」ぼくは声を上げる。圧倒されて他に言葉が見つからへん。まだ試合は一回表が始まったばかりなことを掲示板で確認するのがやっとや。

「誰なん、バッター?」とフーちゃん。誰って、言うてもわからんやろ。ぼくは誰々と選手の名前を言うけど、やっぱり弟はわからへん。父さんはすぐにビールを買いに行った。

「フーちゃん、巨人の応援がしたい」訳わからんことを弟は言い出す。

「え、なに言うてんの?」ぼくはちょっとムカつきながら答える。

「だって阪神ファンちゃうもん」

「アホか」と弟のいやがらせにイラつきながら、ぼくはバッターがヒットを打つのを見る。外野までボールが転がってきて、外野手が大きなモーションでそれを取って投げる。バッターは遠くやけど、外野手はすぐ目の前や。

「~がんばれよ!」とかファンが言うと、選手がこっちを向いてグローブを高く上げた。

「かっこいいなー」ぼくはため息をつく。

「どうや、誰か打ったんか?」父さんがビールとカラ揚げと弁当を持ってきながら言う。

「うん、相手チームや」とぼくが教えてあげる。父さんは、ぼくらにもカラ揚げと弁当とお茶を分けてくれる。

「こぼしたらあかんで」そう父さんが言ってるそばから、フーちゃんがこぼしてる。

「うわ、ちょっと」ぼくはすぐ前の人の背中が少しぬれたのを見て、どーしーよーと思う。でもその人は応援に夢中で気づいてへんみたい。

「すみません」と父さんがハンカチを差し出して、その人はやっと気づく。怒るんかなと思ってると、ニンマリ笑って弟を見た。

「気ぃつけや」と笑いながら言う。まるでおれたちは仲間同士やで、とでも言うような言い方やった。

「うん」とフーちゃんは小さくうなずく。それからは弟も、しっかり阪神の応援をやってくれた。特に攻撃のときは、ぼくも大声で怒鳴った。鳴り物やファンの人の指示で、一斉に立ったり手を叩いたり。めっちゃ楽しい。

「投手戦やな」と父さんが言う。うん、とぼくはうなずく。

「投手戦ってなに？」とフーちゃんが聞いてくる。いちいち面倒な奴やな、投手戦も知らんのか。

「投手同士が強いから、なかなか点が入らんやろ。そういう試合や」と父さんがフーちゃんに説明すると、弟はふーんとうなずいた。

「一点を争う好ゲームやな」と、さっきの背中のおじさんが振り向いて言う。

「うん」とぼくも弟もうなずく。試合は七回まで来ると、ラッキーセブンの風船の準備を始める。

「みんな風船持ってるで」とフーちゃんが言う。

「ほら」と父さんが風船を膨らませて弟に渡す。ぼくはもちろん自分で膨らませた。それで七回表のジャイアンツの攻撃が終わるのをみんなで待つ。

「うわ、めっちゃ手を放しちゃいそう」ぼくはおしっこ我慢するみたいに、手で風船を持ってじっとこらえる。みんな風船をあちこちで持ってる。

「ツーアウトや、あ、フライ。よっしゃ！」前のおじさんが解説してくれる。すると誰かが風船をプーッと放す。そしてそのあとは一斉に、みんなが風船を放した。夜空一面が色とりどりの風船だらけや。

「ぼくの風船あそこ」とフーちゃんが自分の風船を目で追う。ぼくも自分のが向こうに落ちるのを確認する。すると、空からはしぼんだ風船がいっぱい落ちてくる。

「うわー、すごかったな！」ぼくはそれを見て言う。その回の裏に、とうとう四番の掛布がホームランを打った。レフトスタンドに向かって、ボールが吸い込まれていく。打球は弧を描いてブルペンに入った。タイガースがとうとう点を取ってん。鳴り物や応援は一段とエスカレートする。

「やったホームランや！」ぼくも叫ぶ。

「浜風やな」とおじさんが教えてくれる。風に乗ってボールが飛んだってことらしい。

ぼくのテンションはクライマックス状態やったけど、次の回にすぐに三点も取られてしまう。

「あー逆転されてもうたな」と前の席のおじさんも言った。

「そろそろ帰ろか」そこで父さんが突然言う。

「え、なんで？　最後まで見ないん？」ぼくはびっくりする。

「電車が混むからな、少し早めに出たほうがえーねん」と父さんが言う。えー、最後まで見たい、とぼくは思う。だけど父さんに抵抗することなんてできへん。

「じゃあ、この回の阪神の攻撃だけ」とぼくはおねだりしたけど、結局点が入らなかった。ぼくらは九回の攻防を見ることなく、初めての甲子園をあとにした。

「おもろかったな」とぼくはフーちゃんに言う。最後まで試合を見れなかったのは心残りやったけど、八回でもすでにお腹いっぱいや。阪神電車はまだすいてて座れた。

　帰ってからテレビで試合の結果を見ると、結局阪神は負けたみたい。それやったら最後までいなくてよかったかも。とぼくは思ったけど、少し複雑な気持ちやった。

「掛布や！」翌日ぼくは甲子園で見たタイガースの選手をまねてバットを振る。

「全然似てへんわ」とか友達に言われながらも、公園でバットを振る。たしかに実際にすぐ打てるようになるわけちゃうけど。

でもぼくの心の中にはいつまでも、あの甲子園のパーッと明るい光や、浜風に舞うホームランが残ってる。それで泥んこになりながら、バッターボックスのぼくは「浜風吹かへんな」とかつぶやいてみる。

書道家

ぼくの母さんは書道が得意やねん。というか、先生をやってる。教室を開いてて、そこで子供たちに教えてるねん。それはピアノ教室と同じ場所やから、ぼくらもたまに母さんについていく。二階で、紙に落書きをしたりして遊ぶねん。

「先生」

そこでは、一階にいる母さんのことをそう呼ぶ。他の子供たちがいる手前。

「うまく書けへんわ」と横ではフーちゃんが筆を横にしながらうなってる。

「下手くそ」と言いながらも、ぼくだって書道がそんなに得意とちゃう。

「母さん、どうやるん？」とフーちゃんは聞く。

「アホ、母さんってここでは言うたらあかんねん」

ぼくがフーちゃんの頭をはたくと、弟は怒りだす。

「なにするん、アーちゃん」フーちゃんは筆をぼくに向けて突き出す。

「うわっ。墨が飛んだやん」ぼくは自分の服を見る。

「あ、ごめん」すぐに弟は謝る。

「謝るんやったら最初からやらんといて」

ぼくは不機嫌になりながら、トイレに行く。母さんにバレたらまた怒られるやん。

「大丈夫？　アーちゃん」とトイレの外から弟が言う。

ぼくは文句を言いながら、墨汁を水で落とそうとする。

「あんたら書いてるん？」と、外で母さんの声がした。

「う、うん。書いてる。アーちゃんはトイレ」フーちゃんは聞かれてもいないのに、ぼくの居場所まで喋ってる。

「静かにね」そう言って母さんがまた教室の一階に戻っていく音がする。

「いらんこと言ってないやろな」

ぼくはトイレから出てきて、弟に聞く。

「フーちゃんなにも言ってないで」と言いながら、弟は半紙に墨を塗りたくってる。

「なんなん、それ」ぼくは弟の文字をあきれながら見る。

「自分の名前」そう答えてるけど、それが本気なんかよくわからん。

「なんつー名前」ぼくがつっこむと、フーちゃんも笑ってる。

「アーちゃんの名前も書いたろっか」と言って、別の紙にめちゃくちゃに書く。

「いややわ、そんなぐちゃぐちゃな名前」ぼくも笑いながら言う。

「ちゃんと書いてるんやけど」そう言いながら、ついにフーちゃんは紙を真っ黒に染めてしまった。

「母さんに怒られるで」

母さんはここの教室の先生やけど、もっと偉い先生にも習ってるねん。その書道家の先生にはぼくも会ったことがある。梅田かどこかのビルで、母さんと一緒にいててん。その先生はもじゃもじゃ頭の変な人やった。でもしばらくすると、テレビのＣＭとかにも出てた。だから本当にあれは偉い先生やったんやなって思った。榊莫山とかいう名前。

そのばくざん先生の書いた掛け軸とか、うちには飾ってある。ぼくにはそれがうまいんかどうかわからへん。だってそれは、フーちゃんの文字みたいにめちゃくちゃに書いてあるだけやから。

「これ、すごいん？」とぼくは聞く。

「そうやで」母さんは掛け軸を新しいのにしながら答える。

「めちゃくちゃに書いてるだけやん」とぼくが言うと、母さんは笑う。

「そう見えるけど、すごいんよ」

「ぼくでも書けそう」

「あんたはまずキレイな文字を練習しんとあかん。それができて初めてこういう文字も書けるようになるんやから」

と、それは書道の先生としての言葉のような気もした。

でもぼくは書道とか、書くの苦手や。キレイに書くとか、あまり興味ない。ナッちゃんとかはそういうのも得意やけど、ぼくは下手やねん。でも母さんが家で書道をしてるのを見るのは好きや。いつもは厳しい母さんが、静かに半紙に向かって文字を書いてる。何枚も何枚も書いてる。家には墨の匂いがするし、そこらに半紙が積み重ねてある。

「触ったらあかんで」と母さんは言う。

「わかってるよ」と言いながら、ぼくはそれを見てる。どれがうまくて、どれがうまくないのかよくわからへん。向こうではナッちゃんがピアノの練習をしてる。フーちゃんはどっかに遊びに行ってて、ニーちゃんは珍しくゼロの散歩に行った。じゃあぼくはなにをしようかな。と少し考えて、母さんに半紙をもらう。ぼくはそれをしばらく眺める。それは真っ白な用紙で、ぺらぺらや。

「なに書いたらえーんやろ」ぼくは重鎮で半紙を押さえる。母さんの立派な重鎮。習字って白と黒やから、なんかあんまり好きになれへん。どっちかといえば、ぼくはカラフルなほうが好きやから。

「なに見つめてるん」と言ってきたのは、ナッちゃんやった。

「べつに」とぼくは答える。実際、なにも考えてへん。

「なんか書くん？」ナッちゃんは聞いてくる。

「べつに」とぼくは適当に答える。

「あたしが書いたろっか」

「え、なんで？」意味がわからんくて、ぼくは首をかしげる。

「なにか書くんやろ」とナッちゃんはさらに聞いてくる。

「いーよ、じゃあなんか見本に書いて」とぼくはナッちゃんに言う。別にこの半紙に対してなんのこだわりもないし、ナッちゃんが書きたいんやったら書いたらえーねん。

「じゃあ書くで」

「うん」

ぼくはナッちゃんがなんて文字を書くのか見てる。姉は一文字ずつはらったり、押さえたりしながら書く。それは「謹賀新年」という文字やった。

「できた」とナッちゃんは少し照れながら言った。姉がこうやってぼくのところにやってきて、相手をするのは珍しいことや。いつも逆にナッちゃんのところにぼくが寄っていくけど、相手にされへん。

「なにこれ？」

「なにって謹賀新年、知らんの？」

「正月のやつやろ。知ってるよ」

「知ってるやん」

「いや、だからなんでこの文字にしたん？」ぼくは尋ねる。正月でもなんでもないやん。

「あかん？」とナッちゃんは少し怒りながら言った。

「あかんことないけど、なんでこの文字にしたんって聞いてるねん。ぼくの半紙に」

「あんたの半紙ちゃうやろ。母さんのやん」

「そうやけど、母さんにぼくがもらったから、ぼくのや」

「どっちでもえーわ」と言って、ナッちゃんはまたピアノのところに戻って行った。

「なんやそれ」そうぼくは言いながら、ナッちゃんの書いた謹賀新年を見つめる。別にうまくはないけど、ぼくよりは断然うまい。これ、母さんに見せようか、どうしようか、ぼくは少し悩む。母さんがナッちゃんのことほめるのも嫌やし、かといって下手やと言われるとぼくも気分悪いし。

「よし、このまま置いとこ」

ぼくは、その半紙を置いて外に出る。するとそこにちょうど散歩から帰ってきたニーちゃんが来た。

「アーちゃん」とニーちゃん。ゼロは少し疲れてるみたいや。ぼくを見ると、ゼロが尻尾を振った。

「うん」とぼくは答えて、ゼロをなでる。なんかゼロはニーちゃんのこと少し怯えてるから、ぼくに対するのとは違う。どっちがえーのか知らんけど。

「母さんは？」ニーちゃんが手を洗いながら聞く。

「習字」ぼくはお菓子を食べながら答えた。

「なにこれ？　アーちゃんが書いたん？」ニーちゃんはさっきの半紙を見つけた。

「ああ、それナッちゃんが書いてん」そうぼくは答えたけど、なんかちょっとやばい気もした。

「えー、ナツミが書いたんか。なんで謹賀新年やねん」ニーちゃんが大声で笑った。するとピアノの演奏が止む。

「知らん。書きたかったみたい」

　ぼくはお菓子を食べながら、ナッちゃん大丈夫かなとか思う。

「ナツミ、これお前が書いたんか？」とニーちゃんは半紙をピアノのところまで持っていく。ぼくもついていく。

「そうやけど」とナッちゃんは無表情に答える。

「下手やな」とニーちゃんはズバリと言った。

「そんなことない」と言いながら、ナッちゃんは涙目になってる。

「下手やんな、アーちゃん」とニーちゃんはぼくに聞いてくる。わー、ぼくに聞かんとって。

「どうやろ、ぼくよりはうまいけど」と答えるのがやっとや。

「しかもなんで正月ちゃうのに謹賀新年やねん」

「それはぼくも、そう思う」と、さっきのこともあったからぼくは言ってやった。ナッちゃんに少しにらまれながら。

「ええやん」ナッちゃんは半紙を奪い取って、そう言った。

「もっとうまく書けよ」とニーちゃんは言う。でもぼくはニーちゃんの文字がどれくらいうまいのかはよく知らん。ニーちゃんが半紙を奪い返そうとして、なんとナッちゃんは自分でぐちゃぐちゃにしてしまった。

「母さん！」とうとうナッちゃんは耐えかねて母さんのところに行った。

「やばっ」笑いながらニーちゃんは、どこかに逃げてしまった。ぼくがそこに突っ立ってると、母さんがやってくる。

「ニーちゃんは？」ナッちゃんと一緒の母さんが聞いてくる。

「知らん」ぼくがそう答えると、母さんはぼくに向かって言う。

「せっかくあげた半紙やから、ちゃんと使いなさい。ケンカしたらあかんよ」

そう言われてもぼく納得できへん。だってぼくは別にケンカなんかしてへんねんから。でもナッちゃんを見ると、不機嫌そうな表情をしてる。

「謹賀新年なんて書くからあかんねん」ぼくはナッちゃんにそう言った。もちろん母さんが去ってから。

「なに書いても自由や」ナッちゃんはそう答えると、またピアノを弾きだした。ま、たしかに自由やけど。ぼくはなにも答えられんまま座ってる。すると壁に飾ってあるばくざん先生の落書きがすごい自由に見えてきた。

「やっぱりすごいんかな」とかぼくが一人で言っていると、フーちゃんが帰ってきた。

「なに見てるん、アーちゃん？」

「べつに」

「この字、下手やよな」とフーちゃんは先生の掛け軸を見て言う。

「なにもわかってへんな」そうぼくはつぶやく。フーちゃんはそんなぼくを見て、不思議そうな顔をしてた。

プレゼント

寒い季節になると、ぼくは昔から鼻がつまってしまう。だから耳鼻科に通う日々やねん。ほんま嫌やけど、しゃあない。耳鼻科はだいたい混んでるから、待合室で待たなあかん。ぼくが待ってる間、母さんとフーちゃんは買い物をしてる。ぼくはじっと待ちながら、他の人の様子を見たりしてる。

「桐谷くん」と呼ばれて、ぼくは耳鼻科の診察室に入った。すると機械があって、鼻にあてたりするねん。その呼吸器みたいなやつを鼻にあてると、薬が入ってて鼻がすっきりする。

「アーちゃん」向こうから弟と母さんがやってきた。

「終わったで」車に乗って、家まで帰る。

「あー寒い」とか言いながらも、鼻がすっきりしたおかげで気分がいい。さっきまでは黄色い鼻水が出て止まらへんかったし、息をするだけでも大変やったから。

「なぁアーちゃん」帰ったらフーちゃんが近寄ってきた。

「なに?」そうぼくが言うと、フーちゃんはうれしそうな顔や。

「クリスマス、なに願うん?」とフーちゃんが聞いてくる。

「サンタさんに?」ぼくが聞くと、弟はうなずく。

「そう、フーちゃんは超合金がいい」とか言う。

「それって去年ぼくがもらったやつのことやん」ぼくが言うと、フーちゃんは首を横に振った。

「ちゃうよ。フーちゃんが欲しいのは別のやつ」

ま、どっちでもえーんやけど。

「ぼくはゲイラカイトやな」

「なに、〝ゲイラカイト〟って？」フーちゃんは首をかしげてる。

「知らんの？　ほら、ニーちゃんがもってたやろ。白い凧」とぼくは弟のために説明した。

「白いタコ？」まだフーちゃんが分かってくれないので、ぼくはため息をつく。

「食べるタコちゃうで。空飛ぶ凧や」

「わかってるわ」とフーちゃんが答える。うそつけ、とぼくは思うけどなにも言わへん。

「じゃあ、母さんに靴下もらいに行く？」と提案してみる。そう、いつもクリスマスイブの夜にはめちゃ大きな黄色い靴下を、ベッドのところにかけておくねん。ぼくは二段ベッドの下やから、そこにかけとく。フーちゃんが二段ベッドの上やねん。

「なぁ、母さん。靴下出してや」とぼくとフーちゃんは母さんに言いに行く。すると母さんは毎年のように、その靴下の場所が分からへん。

「どこに置いたっけな……」とかいつも言うから、ぼくとフーちゃんはあきれてしまう。

「なんでいつも同じ場所に置いとかんの。あの大切なクリスマスの靴下」とぼくは母さんの後ろ姿に向かって言う。

「ほんまやわ」とフーちゃんもさすがにそう言った。

「あった、あったわ」母さんはようやくタンスの奥のほうから靴下を出してきたので、ぼくとフーちゃんはその黄色くてでっかい靴下を一つずつ分けっこした。

「やった。これでサンタさんにゲイラカイトもらえるかな」そうぼくは言う。

「フーちゃんは超合金」

でも、いつも願ったものをサンタさんがくれたことなんてない。それがぼくには不思議というか、ムカつくというか。

「なんでサンタさん、いつもぼくの欲しいもんくれないんやろ」とぼくはフーちゃんに相談する。

「フーちゃんも、違う」と弟も言う。

「わかってくれてへんなら、手紙でも書こうかな。ゲイラカイトください、って」

そうぼくは言って、さっそくペンと紙をもってくる。

「ほんなら、フーちゃんも書く」と、同じようにフーちゃんも書き出す。そして二人して、二段ベッドのところに手紙の入った靴下を置いておく。

「これで、きっとゲイラカイトくれるはずやわ」とぼくは言う。

「そうやんな」と、フーちゃんもうれしそうな顔。

「あんたら、ご飯できたでー」とナッちゃんの声がする。

「わかったー！」ぼくらは駆けていく。するとすごくいい香りが漂ってくる。

台所にはもう父さんもニーちゃんもいて、お皿にはクリスマスイヴ恒例のチキンの照り焼きとコーンスープがある。

「うわー、やった！」ぼくは思わず叫ぶ。なんといってもこのチキンの照り焼きとコーンスープは一年の中でも、ぼくの大好物やねん。ケーキとかよりも好き。と、ぼくがそんなこと言うと、隣の席のナッちゃんが静かにしてる。

「あれ、ナッちゃんのだけ、チキンちゃうやん」とフーちゃんが気づいて言う。

「あたしチキン苦手って、毎年言ってるやん」とナッちゃんが少し悲しそうにつぶやく。テーブルは少しシーンとする。

「ナッちゃんは鳥食べるのがいやなんよ」と母さんがフォローを入れる。

「あれ、そうなん？」とぼくも首をかしげる。毎年このオーブンで焼いた照り焼きチキン食べてるけど、ナッちゃんが食べてへんなんて初めて知ったわ。

「そら自分が食べるのに夢中やからや」とニーちゃんが言って、みんな笑う。

「たしかにそうかもしれん」ぼくも頭をかきながらそう答える。

　そのあとは恒例のクリスマスのアニメを見て、みんなでケーキを食べた。最近誕生日ケーキも食べたから、実は抜きになるんちゃうかと心配やってん。ま、ケーキはそれほど好きちゃうからえーんやけど。

「おいしい」特にケーキ好きなナッちゃんとフーちゃんが、ペロリとたいらげる。ぼくとニーちゃん、それに父さんはそれほどケーキ派ではないねん。

「紅茶でも飲む？」と母さんが人数分の紅茶を入れる。父さんだけはコーヒーを飲む。

「ぼくもコーヒーにしよっかな」と言ってみる。でもコーヒーを飲むと眠れんくなるからやめとくわ。だって眠れんかったら、サンタさんからのプレゼントもらえへん。

ぼくはお風呂に入って、パジャマに着替える。それでもう一度靴下を確認して、ベッドに入る。フーちゃんも二段ベッドの上に来る。

「楽しみやな」とフーちゃんの声が暗闇から聞こえてくる。

「うん。ちょっと心配やけど、ゲイラカイトって靴下に入るんかな？」

「……わからん」フーちゃんの声が上からする。

「ちょっと待って。ゲイラカイトはこの靴下に入らんやん！」ぼくは起き上がる。

「アーちゃん」弟も起き上がる。ぼくはダッシュして、母さんのところに行く。

「なぁお母さん。もっと大きな靴下ない？」とぼくは母さんに聞いてみる。

「あの黄色いのが一番大きいわ。ないわ」と母さんは探しもしないのに言う。

「探してや～」ぼくは無理を言う。

「大きいってどれくらいの？」

「これくらい」

ぼくはゲイラカイトの大きさに手を広げる。すると母さんは笑い出す。

「それは無理やわ」

その残酷な言葉を聞いて、ぼくはがっかりしながらベッドに戻った。

「どうやった？」とフーちゃんがベッドの上から言う。

「もういい」

ぼくはそのままベッドに入った。

「去年、サンタさん見たって言ってたやんな」とフーちゃんの声がする。

「え、あ、うん」ぼくは去年見た透明のサンタさんのことを思い出す。

「今年も来るかな？」と弟は聞く。

「よく覚えてたな。来るんちゃう？」とぼくは言う。

「フーちゃんも、サンタさん見る」

弟の決意を聞いてるうちに、ぼくは眠ってしまった。その晩、ぼくは夢遊病のようにさまよい歩いたらしい。起きてから母さんに言われて初めて知ったけど。

「サンタさんに会いたかったのに、アーちゃんが歩いてるねんもん」とフーちゃんは不満そうや。しかもフーちゃんはぼくが起きてると思ってたみたい。だけどぼくにはその記憶がない。って、ナッちゃんにその話をしたら気持ち悪がられた。ま、そりゃ気持ち悪いかもしれんわ。

「フーちゃんの欲しかった超合金は？」

結局、靴下に入らないのか、超合金もゲイラカイトもなかった。なんかお菓子とか、しょうもないおもちゃが入ってただけや。

「ほんまサンタさんわかってへんわ」

ぼくはぶつくさ言いながら、誕生日プレゼントかクリスマスに買ってもらうプレゼントか、最悪お年玉で買うしかないなって考える。

「誕生日プレゼントは、ゲーム貰ったやろ」と母さんに言われて、ぼくはなにも言い返せへん。

「クリスマスプレゼントは？」とフーちゃんが言ってくれて、ぼくは「よし！」と内心で思う。

「サンタさんからもらったやろ」と母さんが言うから、ぼくらはぷんぷんしながら主張する。

「全然ほしかったやつとちゃう」そうぼくが言うと、母さんは向こうに行ってしまった。

「あかんかったな」フーちゃんも残念そうや。

「仕方ないわ。お年玉で買おっか」とぼくは決意をあらたにする。

ま、結局はお正月におばあちゃんが買ってくれたからえーんやけど。

ぼくはそのゲイラカイトを田舎の田んぼで飛ばした。それは最初なかなか飛ばんかったけど、そのうち風が吹いて空高く舞い上がった。ニーちゃんとナッちゃんがそれを見てて、フーちゃんは超合金を持ちながら追いかけてくる。お正月の空気は冷え冷えとしてるけど、とても気持ちがいい。空が青くて、ヒンヤリとぼくの頬を冷やす。でも鼻がつまるから、また耳鼻科に行かなあかんかもしれん。

引っ越し

ぼくだって引っ越ししたかったわけとちゃうけど、父さんの都合とかいろいろ理由があって、ニュータウンを去ることになった。まー、ぼくにはそんなんよく分からんし、知らされんかった。というのも、ニーちゃんが家族（兄弟）会議のときにこう言ったからや。それはぼくが小学五年生のときやった。

「わがまま言ったらアカンで」

そうニーちゃんは言った。

「う、うん」ぼくはうなずくしかできへん。だって今までそんなことニーちゃんから言われたことなかったから。隣ではフーちゃんがポカンって顔してたし、たぶんぼくだって似たような顔をしてたはず。ナッちゃんだけが、少し涙目になってた。

ニーちゃんの指令が下ったから、ぼくらは一切何も引っ越しについて文句とか、わがまま言わんかった。でも内心は「え？」って感じやった。というのも、今まで小学校で毎年転校生っているのに、まさか自分がそうなるなんて思いもせんかったから。転校生や転入生っていうのは、ちょっと神秘的っていうか、よそ者っていうか、去る人はバイバイっていうか。なんか不思議な存在やん？　でもどこか他人事っていうか、自分がそうなるなんて思いもせんかったわ。

「なー、どうするん」弟であり親友であるフーちゃんがそう聞く。

「まーなー、しゃあないんちゃう」ってぼくは上の空で答える。

「そーやんなー」

　フーちゃんだってどうしようもないってことくらいはわかってるみたい。もう三年生やしな。

「でも、ちょっといややな」ぼくはそう言ってみた。

「なんで？」

「なんでって、いやちゃう？　友達とかとお別れすんの」

「そう？」フーちゃんの答えに、ぼくは目を丸くした。

　なんなん、フーちゃん。もしかして友達おらんの？　学校に。またはそれほど友達好きとちゃうん。ぼくはちょっと首をかしげてしまう。そう言っても、ぼくも友達にそれほど未練っていうのかな、あるほうちゃう。五年間もおったら同級生の友達はほぼ知ってる（と思う）し、半分幼なじみみたいなもんやん。でもいざお別れってなったら、あーそんなもんかなーって。

　だからナッちゃんが悲しそうにしてるんが、ちょっとわからんかった。別に新しいところで友達できるんちゃう？　くらいにしか思わんかった。そりゃナッちゃんはもう中学生やから、ぼくらとは違うんかもしれん。それか、もしかやっぱ女やからなんやろうか。ニーちゃんは中学三年生やけど、全然余裕って感じに見えた。

「あのさ、もしかしてゼロは連れてくやんな？」とぼくは母さんに確認する。まさかゼロとお別れになんてならんやろうな。もしそうなったら半泣きになるわ。

「ゼロ？　連れてくよ」

「そうやんな」

　よかったー。

「みんなに、トシくんとかコッちゃんにお別れせんとな」そう母さんは言う。

「うん」ぼくはそれで、みんなのことを考えた。

　ニュータウンの近所の友達は、ほとんど生まれた時から知ってるほんまの幼なじみで。でも小学校に入ってからは、ちょっとキョリもできた気がしてた。それは学年とかクラスとかで分かれるから、キョリを感じるようになってもうたこともあるし、単純に他に友達ができたっていうのもある。あと高学年になると、スイミングとか塾とか書道とかピアノとか（書道もピアノもとっくにやめてたけど）なにかしら忙しい。

子どもは子どもなりに色々あるねん。

「そっか」ってコッちゃんが言った。

「また会えるわ」ってトシくんも言ってくれる。

「そうかな。そうやんな」ぼくはうなずいた。

二人とも、キン消しの、とっておきのやつをくれた。その頃ぼくは「キン肉マン」にはまってて、めちゃパロスペシャルとかキン肉バスターとかをみんなでかけあったりして遊んでた。もうそれもできへんのか。ぼくはそのもらったキン肉マン消しゴムを見て、ちょっとグスッてなった。それを秘密の箱に入れる。

「カズくんとか、ユウくんとお別れしたん？」ってぼくはフーちゃんに聞いた。

「うん」って弟は平気に答える。

「なんなん、フーちゃん、うれしそうやん」

「うん、引っ越したら遊びに来てくれるって」

「えー」

そんな約束をしてるなんて、弟も大人になったなーって思った。まだ子どもやけど。

そりゃ引っ越しすんのは嫌やけど、ぼくはほんま引っ越しの意味とかわかってなかった。この家とか、ニュータウンとか、散歩道とか公園とか、小学校とか竹林とか、そんなすべてがなくなるはずないって思ってた。それに、結局ぼくの心の中にはいつでもあるわけやん？　だから関係ないやんって強気やった。それは半分は当たってて、半分は間違ってた。

もちろんぼくにはゼロがいるし、フーちゃんがいるし、ナッちゃんもいるし、ニーちゃんもいる。それに母さんと父さんだっていてくれるわけやから、どっちかといえば新しい家に行くんが楽しみになってきた。この家の大きな庭とか桜とか石とか木とか、鉄棒とか（鉄棒は好きちゃうからええけど）お別れせなあかん。新しい家には桃の木とかないやろうなー。丘の上の、坂道の町とはお別れや。生きてるザリガニも池に返してきた。

「ちょっとさ、ゼロが苦しそうなんやけど」ぼくは車の後ろでゼロの背中を押さえてる。

「え、なんや。止まらんぞ」万博の前を高速で走りながら、父さんは言う。

「ゼロ、おえーってなってるで」とフーちゃんも言う。

ゼロは車になんて乗ったことないから、すぐに車酔いして、めっちゃ吐いた。新しい家に着いたときには、車の中はゼロのゲロでくさくなってて、ぼくとフーちゃんも嫌な気持ちになった。せっかくニュータウンとおさらばする気持ちに浸ろうと思ってたのに。ゼロ、ほんま、あかん。そりゃかわいそうやったけど。

そういえば、数年前にゼロは赤ちゃんを生んでて、白い子犬で、めちゃ可愛くて、ぼくはこれで犬が二匹になったって嬉しかってん。そしたら父さんが「この子犬、もらってくれる人見つかったわ」ってあっけなく言ってん。「え?」ぼくはめちゃショックやった。なんで、あげちゃうん。このまま順調に増やしていったら、ムツゴロウ王国みたいになれるかもしれんのに。そんなぼくの小さな夢は、あっけなく消えてもうた。

もう二度と、ニュータウンでそういう夢も見ることはないんや。そう思ったら、ちょっとナッちゃんみたいに悲しくなってもうた。でも新しい町に着いたら、そんなニュータウンのほとんどすべてを忘れてしまうくらいいろんなことが起きるんやろうな。そこはもうニュータウンちゃうで。それは別の話やし、すぐ中学生やからちょっと忙しくなるし。ゲームとか塾で大忙しや。

でも一つだけ言っとくとな、新しい家には塀がちゃんとあるからゼロを放し飼いすることもできた。今までゼロはずっとつながれてて、かわいそうやってん。ほんまは家の中でゼロを飼えたらいいのにってずっと思ってたけど、さすがにそれが無理なことくらいはわかってて。今度の新しい家でも、家の中は無理やけど、もう鎖でつないでないから、ゼロは自由にピューッて現れる。「ゼロ！」って呼んだら、嬉しそうにピューッて、尻尾振りながら。だから、ニュータウンじゃなくても、それはそれでええこともあるってこと。やっぱ桃の木はなかったけどな。

ぼくは決めてる。いつか、あのニュータウンに戻ってあの家に住むって。そりゃどうなるかわからんけど。大人になったら、一人でもあそこに住めるんちゃう？ どうやろ、近所の人とかみんな、覚えてくれてるやろうか。それとも忘れて「誰？」ってなるんやろうか。大きくなったコッちゃんとかトシくんとかと会えるんやろうか。

今日も空を見上げながら、ぼくはニュータウンのことを考える。きっとあの廊下や庭や、それになんやろ、公園とか（もう言ったか）、散歩道とか、竹林とかそういうのんって、多分、そんな変わらずにあるんちゃうかな。だってそれはニュータウンやねんから。ぼくの町やねんから。いつまでも、そう、ぼくはニュータウンキッズの一人なんやから。

著者プロフィール
ふし 文人（ふし ふみと）
1974年生まれ、大阪府出身。
映画詩人。

イラスト協力会社／株式会社ラポール イラスト事業部

ぼくはニュータウンキッズ

2023年２月15日　初版第１刷発行

著　者　ふし 文人
発行者　瓜谷 綱延
発行所　株式会社文芸社
〒160-0022　東京都新宿区新宿１−10−１
電話　03-5369-3060（代表）
03-5369-2299（販売）

印刷所　株式会社暁印刷

ISBN978-4-286-27096-8　JASRAC 出 2209015−201